恋愛依存症のボクが社畜になって見つけた人生の泳ぎ方

須田仁之

ヨシモトブックス

恋 愛 依 存 症 の ボ ク が 社 畜 に な っ て 見 つ け た 人 生 の 泳 ぎ 方

プロローグ

「オマエら、ホンキでやってるのか！　オレはホンキなんだよ！」

孫正義《そんまさよし》社長はホワイトボード用の黒板消しを壁に思いっきり投げつけた。ガラス張りの会議室が一瞬で凍りつき、床に転がった黒板消しは小刻みに震えていた。人がカンカンに怒って紅潮する顔を見ることも初めてだった。昭和の学園ドラマのワンシーンにタイムスリップでもしたような気分だった——。

土曜日の朝、「孫社長がお呼びです」と女性秘書から電話が入った。東京都足立《あだち》区綾瀬家賃6万円の安アパートから急いで地下鉄の駅に向かう。

日本橋箱崎町の雑居ビルにあるオフィスに駆け込み、ガラス張りの小さな会議室の中に入った。僕以外に呼び出されていたのは社長室長の三木さん含め3名ほどで、入るや否や、怒号ラッシュコンボとホワイトボードの黒板消しが飛んできた。僕らはボーゼンとしていた。

2001年。まだソフトバンクはプロ野球の球団も持っていないし、携帯電話事業もやっていない。一般的な企業認知度は低かった。それでもベンチャー業界や産業界において「孫正義」という名前は、「IT革命の寵児」と称され、ソニーの井深大《いぶかまさる》や盛田昭夫、松下電器産業の松下幸之助、ホンダの本田宗一郎といった昭和のモノづくりグローバル起業家に続き、「IT」という新たな産業において「日本の将来を担う起業家」と持て囃《はや》されていた。その孫社長にとって、ソフトバンク社がYahoo! BBというブロードバンド通信事業へ参入することは、事業家としての「大勝負」の場面であったことは間違いない。

現場は日々昼夜を問わず働いており、決して手を抜いているわけではなかった。が、やろうとしていることがあまりに無謀なのと、スケジュールがドンドン前倒しになっていったりして、まるで戦場のような混乱の日々だった。

「孫社長があんなに怒ったの、初めて見ましたよ……」

と会議が終わったあとに、社長室長の三木さんが顔をやや強張らせながらつぶやいた。

不夜城と言われていた50席ほどのオフィスも、土曜の朝はさすがに人もまばらだった。閑散としたオフィスに戻った僕は、朝から1時間以上の熱い会議を終え、「熱湯バケツチャレンジ」をしたかのように、頭から湯気が止まらなくなっていた。会議で孫さんから「今すぐタスクを1000個書け！」と言われた。僕は頭を冷やすために一旦外に出て、朝の隅田川を眺めるべく逍遥《しょうよう》する。

「オレもとうとう、袋小路に追い込まれたな……。このプロジェクトはやり切れないぞ……」

壊れたおもちゃのように虚《うつ》ろな目でゆっくりと隅田川大橋を歩いた。川面に目をやると、そこには数羽のカモがのんびりと優雅に週末の朝を過ごしていた。僕はそのカモと自分を冷静沈着に比較した。気づくと僕はカモたちに、まるで憧れのスターを街中で見かけたかのような眼差しを向けていた。

僕の生まれた田舎と比べると圧倒的に時間の流れが早い都会、「東京」。そんな都会の中心で、時間とは逆らうようにゆったりと流れている隅田川。川の流れに漂うかのように泳ぐカモは、同じ都会の波にのまれている生命体の僕と比較すると、圧倒的に幸せそうに見えた。

「あぁ。生まれ変わったら隅田川のカモになりたい」

そのカモは都会で足をバタつかせている社畜の僕を横目に、涼し気な表情を浮かべてスイスイと泳いでいた。

鬼と二等兵アリ

1995年。孫さんに怒られたあの日から遡ること6年前。僕の就職活動が始まった。サークル活動もゼミもやっていないので、大学に頼れるセンパイがいない。近しい社会人を全くイメージできず、日経新聞や就活雑誌を読み漁っても、「就職」というものが全くピンとこない。企業名鑑を眺めても何一つ面白そうに思える会社がない。マスコミ（テレビ局や広告代理店）だけが唯一楽しそうに見えた。狭き門で簡単には入れそうになかったので、マスコミ就職予備校とコピーライター養成講座に通って対策を練った。

しかしながら、中身のない学生生活をしていた僕のマスコミ就活は難儀を極め、あっという間に全滅した。

当時の就活は今のようにインターネット経由でエントリーシートを出すのではない。大学3年生になると自宅にリクルート社や就職情報企業から段ボール箱が送られてくる。その中には百科事典のような「会社情報図鑑」が詰め込まれている。それから毎日のように企業から郵送物が送られてきて、部屋の中が段ボールと会社の資料だらけになる。その郵送物をイチイチ開封して会社資料を読んで、履歴書とエントリーシートを記入して返送するという作業が僕らの就活だった。前世代的な心の折れる仕事だ。

僕のようなズボラな就活生は、封筒を開ける作業すらバカらしくなり、表紙の社名を見るだけでゴミ箱に捨てていた。聞いたことのない企業名の「テレホンカード500円入り」という封筒もあった。知名度のない会社はカネで開封させる。貧乏学生の僕はこのテレホンカードの当たりを引くためだけに表紙チェックをしていた。

そんな中で思わず開けてしまったのが聞いたこともない会社「イマジニア」社だった。とても薄っぺらい封筒で、見開きA3ペライチ資料だけ。残念ながらテレホンカードは入ってなかったが、「次世代マルチメディア構想」というキャッチコピーで、役員や従業員の顔写真やコメントもしっかり載っていてやけに見やすい。

興味を持った僕は、試しにイマジニアの会社説明会へ行ってみたのだが、一般企業のそれとは大きく異なっていた。

一般的な説明会はとにかく退屈だ。知らないオッサンが会社の自慢をしているだけ。お尻が痛くなるパイプ椅子に座らされて微動だにせずに聞くという、小学校の全校集会みたいな苦行だ。

それに比べてイマジニア社の会社説明会は西新宿のホテルセンチュリー・ハイアットでの立食パーティーでなんとアルコールが飲み放題。白木屋や養老乃瀧などのチェーン店でしか飲んだことのない貧乏学生な僕は、ホテルの立食パーティーでテンションがアゲアゲになり、モスコミュールをガブガブ飲みまくった。参加している学生は30人ほどで、立食パーティーで社員や役員の方々と対面でざっくばらんに会話ができた。

僕が主に話したのは「専務」という肩書きの方だった。40代前後で、一橋大学を卒業後、博報堂でのコピーライターを経て、イマジニア社にジョイン。どうりで会社のパンフレットがシンプルながらも秀逸にできてるなと思った。

「君、マスコミ志望だったの？　これから博報堂受けるの？　やめたほうがいいよ、ウチのほうがいいよ」

黒髪でサラサラヘアで真ん中分け、小沢健二さんと豊川悦司さんを足して2で割って、バザールでござーるの広告クリエーターの佐藤雅彦さんを少し足したようなイケメン専務。モスコミュールのホロ酔いもあってか、すっかり魅了されてしまった。

僕はマスコミ就職留年を諦めて、この会社だけを正式に受けることに決めた。とはいえ、面接で受かるかは別だ。自己PRの材料が全くない。僕と同じくこの会社になぜか魅了された学生も多く、そのライバルたちは早慶卒の尖ったやつらばかりだった。面接ではアピールできるものがなかったが、何とか最終社長面接までたどり着いた。

「ふーん、君が須田くんですか。いい顔してますな。趣味は散歩ですか。ふんふんオモシロイね。君は運はいいですか？」

丸メガネをかけて、少しお腹が出ていて、とても人の良さそうな方だった。「角野卓造じゃねぇよ！」と言う女性お笑い芸人に何となく似ていた。「志望動機は？　自己PRは？」といった一般的な面接質問は全くなかった。社長は終始ニコニコしていて、聞いたのは「運がいいか？」だけだった。

これは松下電器産業の創業者松下幸之助さんの面接手法だった。イマジニア社長の神藏《かみくら》さんは当時40代で、若い頃は松下政経塾に入塾し、政治家を志していたこともあり、松下幸之助さんから直接の薫陶を受けていた。

オギャーと生まれてから大学生まで20年足らずの人生において、大きなイベントなんて受験と恋愛ぐらいしかない。小さい頃から勉強は大っ嫌いだったけど、たまたま高3のときに本屋で『受験は要領』（和田秀樹著）という本を見つけて、その通りにやったら第一志望に受かったというエピソードをベースに「運がいいです」と回答して、無事内定がとれた。

当時、僕の周りでは大企業に就職するやつばかりだったので、「イマジニア？　なにそれ？　弱小のテレビ制作会社？・」などと周囲からはだいぶ心配された。それでも僕が入社を決めたのは、とにかく「楽しそう」というのが最大の理由だった。いくら企業分析しようとも学生にとって企業や社会人なんて分かりっこない。働いている人たち、社長や専務や社員の人たちを見て他の社会人よりも相対的に「楽しそう」に見えたのでココに決めた。

＊＊＊

就活を終えて1年後の1996年。僕は社会人になった。オフィスは西新宿のホテルセンチュリー・ハイアットの隣の第一生命ビル。

50人足らずのベンチャー企業「イマジニア」に同期の新入社員が15人も入社した。僕は「社長秘書」に配属となった。当時40代の社長には20代後半の女性秘書がついていて、僕はそのアシスタントになった。

仕事内容は雑務ばかり。朝から新聞のファイリング、郵便物の整理、コピー取り、社長の来客対応、社長の電話対応、社長の取材対応、社長のお土産買い出し、社長のお手紙書き、などなど。新卒同期は即現場にアサインされて、営業やら企画やらでバリバリと仕事をしていた。隣の芝生を見ては腐りかけてしまいそうだったが、上司からは「何事も最初は修行だよ、須田くん。雑用の中に仕事があるんだよ。丁稚奉公《でっちぼうこう》だよ」と松下幸之助ロジックで諭された。

実務スキルは全く上がらなかったけど、ベンチャー社長の近くにいたこともあって、業界情報に詳しくなっていった。勢いのあるベンチャー企業や有名社長の名前や略歴などを、プロ野球選手名鑑やウルトラマン怪獣図鑑、プロレスラー名鑑を覚えるような感覚でインプットしていった。

当時はソフトバンク孫社長、HIS澤田社長、パソナ南部社長が「ベンチャー三銃士」などと言われて業界紙を賑わせていた。1988年に結成された新日本プロレスの武藤敬司、蝶野正洋、橋本真也の闘魂三銃士から8年後だ。その3人が起業家ヒエラルキーのトップとすると、神藏社長はその三銃士を追いかける同世代、佐々木健介というか、のちに政治家になる馳浩《はせひろし》のようなイメージかもしれない。雑誌からの取材依頼が頻繁にきていたし、業界からは注目されているトップ起業家のうちの一人だった。

起業家というと何か承認欲求や我が強くて、クレイジーでワガママみたいなイメージだけど、僕が人生で最初に会った起業家の神藏社長は、見た目や人当たりがとても温和な雰囲気の方だった。

その後、僕は100人以上の若手起業家と接することになるけれど、こんなにも「人情」や「人」を大切にする方はいない。今は「起業」というのが手軽になっているが、当時はまだIT化前の時代であり、本当に志や決意がないとできない荒波であったはずである。ホンモノしか勝ち上がれない世界で、スキルやサービス、効率化などよりも「人間力」がより問われるセカイだった。まあ、ホンモノしか成功はできないという構図は、今も変わらないかもしれないけれど。

「須田くーん、お茶持ってきてくれるかー？」
「須田くーん、資料一式出してくれるかー？」
「須田くーん、タクシー呼んでくれるかー？」

これが社長との主な日々の会話だった。日々雑務が多い中、やけに資料のコピーをやらされる期間があった。それは「株式上場」の準備だった。

入社1年目の年に会社が上場した。僕は株式上場というのが何のことだかサッパリ分かっていなかった。しばらくして新聞に「納税者ランキング」が掲載された。そこに株式上場売却益を得た神藏社長の名前が載っていた。日本でトップ30近辺にランキングされていた。長嶋茂雄さんや秋元康さんとほぼ同列にならんでいた。僕が毎日毎日接している社長はそんなにスゴい人だったのだ。新卒1年目で単純作業な仕事に悶々として辟易していた頃、初めてベンチャー企業のすごさを知った。

会社が上場して、これからさらに成長するというステージだったが、同期で一番仲が良く、優秀だった友人の「Kくん」が入社半年たらずで辞めて転職してしまった。彼は千葉県流山《ながれやま》市から通っていたので帰る方向が一緒で、JR常磐線柏駅まで毎日一緒に帰っていた。慶應ＳＦＣを卒業して、学生時代から投資やインターネットに造詣が深くて、帰りの電車でいろいろなことを教えてくれた。早熟で優秀すぎたので社会人１年目なのに社長や経営陣に噛み付いて「こんな経営じゃダメだ」とか言い出して、軽くケンカをして辞めていったというツワモノだった。

彼はソフトバンクという会社に転職した。しばらく経つと「ソフトバンクのほうが楽しそうだぞ。こっちにこいよ」ってメールがしょっちゅう来るようになった。正直なところ、雑務ばかりの毎日に僕は危機感を覚えていた。しかも新しいテレビを作るプロジェクトで、学生時代から関心のある分野だった。そしてもう一つ、僕個人としてとても切実な理由があったのだが、それはあとで述べようと思う。

僕は優秀なＫくんの誘いに乗って、勢いのあるソフトバンクに転職することにした。

＊＊＊

社会人になって1年半が経った１９９７年、僕は24歳。その前の年、ＩＴベンチャー企業で有名だった孫正義社長率いる「ソフトバンク」と、世界のメディア王と言われたルパード・マードックが手を組んで、「JSkyB株式会社」という会社を立ち上げていた。そこに日本を代表するコンテンツカンパニーだった「ソニー」と「フジテレビ」が資本参加した。地上波しかなかったテレビのチャンネルが「衛星」を打ち上げることによって「100チャンネルに増える！」みたいなキャッチコピーが世間を賑わせた。マスコミ志望でテレビっ子だった僕はとてもワクワクしていた。

僕は運良く、JSkyB株式会社の経営企画部門に転職することができた。社会人2年目で早くも2社目となり、社会人の再スタートだ。会社立ち上げ当初は主に株主から出向してくる社員ばかりで40人ほどの組織だった。そのなかで僕は、大株主であるソフトバンク経由で入社した数少ないプロパー社員の一人だった。

オフィスは居酒屋ひしめくサラリーマンの聖地「新橋」からモノレールみたいな電車に乗って、東京湾を渡った「お台場」にあった。

当時の「お台場」は東京に新しくできた茫洋《ぼうよう》とした湾岸埋立地だった。1995年に「ゆりかもめ」という交通機関が開通したばかりで、東京なのにビルや建物が少なく、平地で何もない「蝦夷《えぞ》地」のような場所だった。巨大な球体と一体化しているフジテレビの新社屋だけが、奇妙に目立っていた。

僕が配属された部署は「経営企画室」。当時4名体制で大ボスのCFO（財務担当取締役）は野村證券からソフトバンクに転職された方で、俳優の中尾彬《あきら》さんに似た「葉巻の似合うボス」だった。その大ボスの近くに、目付きの鋭いどこかの組の若頭のような男が二人君臨していた。僕とは3、4歳ぐらいしか離れていない20代後半ぐらいに見えた。二人とも、高級そうなスーツを着こなし、メタリックで重厚な腕時計を身につけ、光沢感のある革靴もコギレイに磨かれていた。

ニコニコしているけど眼光の鋭い二人のセンパイは外資系コンサルティング会社から転職してきた人たちだった。僕はそんな業種を知らなかったので、「コンサル？　何かオタクがやる仕事かな？」なんて思っていた。その元コンサル上司たちは「鬼」だった。

一人は顔は色白で肌がモチモチとしているのだけど、太い眉と吊り上がった目は絵本に出てくる鬼のような形相で、そのもち肌と太い眉毛がアンマッチで、おかめ納豆のキャラクターにでもなりそうな「おかめ鬼」だった。

もう一人は顔が逆三角形に角ばっていて、アゴがややしゃくれていて、痩せ型で動きがすばやく、まるで手に鎌を持っているような動作が多く、全体的にカマキリっぽい「カマ鬼」だった。

僕のイマジニア時代の社長秘書キャリアはパシリや雑用が主だったので、ビジネススキルが全くなかった。ここお台場の地で元外資系コンサル鬼上司から激しいビジネス社会の洗礼を受けることになる。

まず「社会人としての教え」が全く正反対だった。

イマジニアの社長は「人を大切にする」「素直」を信条としていて、

「須田くん、人情の機微を捉えないとダメだよ」

と毎日言われていた。目上の人は必ず敬いなさいということで、毎日のようにお礼状を書いていたりした。

今回の鬼上司はその真逆であり、年上だろうが何だろうが、社内の目上の人間にもタメ口上等でキレまくる。10歳以上年上の部長やらが会議中に歯切れの悪いコメントをしたりすると、

「ん？　ナニイッテンの？　それ、もう一回言ってもらえる？　それって本質のポイントからずれてない？」

と激しいツッコミをしていたのがカルチャーショックだった。

最初のＯＪＴ（オン・ザ・ジョブ・トレーニング）はその鬼上司らの会議に同席して

議事録をとるところからだった。

経営企画室とは文字通り経営全般に携わる部署で、主には会社全体の予算、すなわち「事業計画」を作成して、その計画通りに物事が進むかどうかを資金面含めて統制管理するところだった。技術部門、マーケティング部門、コンテンツ部門など各部門の会議に部門横断的に出席して状況や数値を把握して、情報を整理整頓して数値作成及び経営陣への意思決定サポートをする。スキルゼロな新米の僕には高度すぎる仕事だった。

そしてとにかく表計算ソフト「エクセル」ばかりを使わされる。「エクセル、エクセル、エクセル」。たまにランチで外に出たりすると、オフィスの窓やドアがエクセルの「セル」にしか見えず、ゆりかもめの車両も「色付きのセル」にしか見えなくなる。

経営会議、株主会議といった大きめの重要な会議が定期的にあり、その度に一番下っ端の自分が資料作成をやらされる。毎週期限がくるので、いつも「間に合わない、間に合わない」と締切に追われる週刊誌の漫画家のようだった。足りない頭で考えていると何も進まないので、とにかく何も考えずに手を動かすことだけに徹する。

鬼上司たちは指示を出すとすぐ10分後ぐらいに「終わった？」と聞いてくる。「終わるわけねーだろ……」と思いつつ、黙々と作業して提出すると「お前、全然数字違うじゃねーかよ、こんなわけないじゃん、ちゃんと考えろよ！」と怒られる。

東工大↓外資系コンサルのおかめ鬼上司は、幼い頃から実家の庭にある柿の木に柿が何個なるかの確率を毎年計算していたぐらい数字が好きな都会っ子だった。僕の幼い頃はウルトラマン怪獣消しゴムで戦いごっこばかりしていて、そんな田舎出身私立文系大卒の僕は数字面に関していつもコテンパンに怒られ続けていた。

「すだぁー、これ明日までにやれよな!!（怒）」（おかめ鬼）
「すだぁー、オマエまだ余裕あるよな？　こっちも明日までにシクヨロ～♥」（カマ鬼）
「あぁ？　まだ終わんねーのかよ。チンタラやってんなよ。ちゃっちゃとやれよ」（おかめ鬼）
「は？　この資料の矢印はどういう意味なんだよ？　ロジック通ってるかこれ？　日本語分かってんのかオマエ？」（いずれかの鬼）
「てめー、このエクセルの事業計画、1億ずれてんじゃねーかよ。銀行員だったら100回クビになってるぞゴラぁ」（いずれかの鬼）
「資料の順番が全然違うだろうが。前提条件を説明してから、ズバっと結論だろ！キレ味足んねーし、全然伝わんねーんだよ！」（いずれかの鬼）

エクセルとパワーポイントというソフトを使って、パソコンと睨《にら》めっこしながら大量の資料を作らされる女工哀史。元外資系コンサルな鬼上司たちは「ロジカルシンキング」なるメソッドを仕込まれていて、とにかくロジカルじゃない資料を嫌う。

「オマエ、この資料は孫さん（ソフトバンク社長）と出井《いでい》さん（ソニー社長）が読むんだぞ。こんなんでいいわけないだろが！」

何度も何度も罵倒される日々。

「パワーポイント」での資料作成というものも厄介だった。

上司たちはしょっちゅう「すきーむ」という言葉を使っていた。僕はビジネス用語もサッパリ分からなかった。

「すきーむ？　スキーム？　なにそれ？」

温かい霧のことかと思った。温かい霧を使って相手を撹乱する商談手法の一つかと思った。ドラクエのマヌーサみたいな。四角と矢印とお金の流れを複雑に書くことがスキームというものみたいだった。矢印をたくさん使って複雑にすることで普通の人にとっては分かりづらくする「騙し絵」みたいな印象だった。

そんなスキーム騙し絵を毎度20ページほど作らされる。初稿を上司にプリントアウトして提出すると、1ページずつチェックされて、すぐに赤ペン修正され、真っ赤になって戻される。進研ゼミの赤ペン先生スタイルだ。

「オマエ、これ俺が赤入れ修正したまんまじゃん！　このスキームの意味分かってんのかよ！　言われた通りじゃなく、もっと自分で考えろよ！」

と怒鳴られて突き返される。このやり取りが10往復ほど続いて、あっという間に一日が終わる。

仕事の遅い僕は作業が終わらずに、会社に寝泊まりするようになった。今なら「ブラック企業」って叩かれそうだけど、当時は労働者が弱き時代で、一番下っ端の二等兵社員である僕にとって、上司の命令は絶対だ。

そう、僕は社内で一番の下っ端であり、鬼上司たちからは「おい、二等兵！」と呼ばれていた。交番や駅でよく見かけられた指名手配犯罪者のポスター「おい、小池！」みたいなニュアンスで。戦場で最初に死んでしまう下っ端兵隊が「二等兵」だ。アオキかマルイで買った紺のヨレヨレのスーツ、腕にはGショックが二等兵の戦闘着。レベル3以下の「ぬののふく」と「ひのきのぼう」スタイルだ。鬼上司たちは全身海外ブランドでパリっと決まっていて、「はがねのつるぎ」や「よろい」を揃えているのに。

二等兵の僕は大量の資料の渦に飲み込まれるような日々を過ごす。次から次へと資料の波が打ち寄せ、それは永遠に終わることのない螺旋《らせん》のような渦を描いていった。僕が渦から出ようと必死にもがくと、さらに強い力で波が打ち寄せてきて、一向に脱出できない。

小さい頃、実家の縁の下で見た蟻地獄のアリに似ていた。足をバタバタさせても決してその渦から出ることのできない、茨城県牛久《うしく》市の実家の縁の下のアリに酷似していた。マルイのスーツを来た二等兵アリは、激流に抗《あらが》いながらその渦に飲まれていった。蟻地獄は抗えば抗うほど体力を奪われながら堕ちていき、最期は渦の底で天敵に捕食されてしまう。

＊＊＊

あれ？　お台場ってもっと楽しいところじゃないのか？　僕はこんな二等兵アリになるためにお台場に流れ着いてしまったんだっけか？

二等兵アリはたまに夜になって仕事が一段落すると、ヨレヨレのシャツにランチで食べたパスタのシミをつけたまま、だだっ広い茫洋とした「お台場」を逍遥する。誰もいない海浜公園は二等兵アリにとって一人でぼーっとできる「オアシス」であった。

「ふぅ……」

声にもならないため息をもらした。新宿副都心と比べるとお台場の空は広く感じられ、天を見上げるといつも三日月がフジテレビ社屋よりも高い位置に浮かんでいた。

「まあ、これで良かったんだろう。うん、悪くない」

久しぶりに自分のことを客観視して振り返っていた。仕事の渦に巻き込まれているとゆっくり思考するヒマがない。

「心を失っている僕にとって、これぐらいの荒波はちょうどいい。自分のことを思考するヒマもなく、作業に追われる日々。ある種の癒やしのようだ」

「僕はまだ二等兵アリだし、実力もない。鬼に逆らってはダメだ。波に逆らって泳ぐと底に堕ちるだけだ」

夏のプールが苦手だった小学生時代を思い出した。泳げないくせにカッコつけてクロールして大量に水を飲んで、25m泳げなかった自分を思い出した。

泳げない二等兵アリよ。抗ってはいけない。まだ泳ぐ実力もない。渦に飲まれながらも、最後の蟻地獄に堕ちないように何とか生き残って実力をつけるのだ。ほら、この蟻地獄のおかげで、あの失恋のことなんて思い出さなくていいんだしさ。この劣悪な労働環境に感謝あれ。心を落ち着かせるため、こんな比喩を駆使して自分を客観視すればいい。

「オレは社会ではまだ弱いアリなんだ。うん、ここはアリとして耐えるところだ」

と声にならない決意を胸に、またオフィスに戻った。

オアシスで休憩が取れるのは10分程度である。休憩していたとは思われないように、コンビニ袋をぶらさげて買い物帰り風にオフィスに戻ると、鬼上司は見透かしたかのようにやけにニコニコと、太い眉毛を揺らしながら、不気味で恐ろしい笑みを浮かべていた。

「えへへへ。すだぁー、コンビニおにぎりで今日も帰れねぇのか？　ん？　何だか今日は随分楽そうな顔してるじゃんか。仕事が足りないんじゃないか？　最近、俺たちも甘やかしすぎてるかもなー、もっとエサを与えてやるかぁ」

おかめ鬼がカマ鬼と目を合わせながら、ニヤニヤと薄い刃物のような笑みを浮かべていた。海浜公園オアシスで心を整えて帰るや否や、よだれを垂らした鬼上司が、獲物を見るような目つきで僕を捉える。それはまるで「ウケケケー！」などと奇声を発して資料作成コンボ攻撃をしかけてくるサディスティックな「スキーム悪魔超人」に見えた。

鬼上司たちはアシュラマンやサンシャインのような顔つきで「地獄のエクセルローラー」なる必殺技を僕に仕掛けてくる。二等兵アリな僕はそのヨレヨレスーツをズタズタにされて瀕死のジェロニモになっていく。

仕事に追われて、金曜日は大抵会社に泊まる。翌日、社員のいない土曜の静かなオフィスで淡々と仕事をして夜に帰る、というルーチン。土曜日のゆりかもめは「レインボーブリッジ」を眺める夜景デートにウキウキなカップルでいつもごった返していた。

「デートか……。いいなぁ……。オレも恋愛に一途な頃、あったよな……確か」

いちゃつくカップル越しに夜景を眺めた。

社会人2年目の24歳。遠い目をして「恋愛依存症」だった頃の自分をふと思い出す。そのカップルは僕と同年代に見えた。男の私服は僕の目から見てもダサくて、千葉の総武線辺りからやってきたと推測され、かすかに落花生の匂いがする気がした。

「こんな、落花生ボーイにも人生負けてるんだな、オレは」

20代前半の男子たるものが、近くの誰かや遠くの誰かと比較して劣等感を感じてしまうのは、SNSがなかったこの頃でも同じだ。徹夜帰りのくたびれたスーツをまとった茨城県出身の田舎モンな僕は、デートを楽しんでいるややダサな落花生ボーイに完敗している。そもそもオマエのほうが栗とレンコン臭いぞと、千葉の彼からマウントポジションをとられそうだ（落花生＝千葉県出荷日本一、栗＆レンコン＝茨城県出荷日本一）。

「おもちゃみたいなモノレールに乗って、ハードな仕事に向かう」という、受け入れがたい矛盾も僕の精神をじわじわと追い詰めた。仕事に集中したいのに、こうやって休日遊びに行くカップルとも頻繁にすれ違ったりして、ふと恋愛を思い出させる地雷に遭遇する。ボルトできつく締めた心の蓋、思い出してはならないパンドラの箱。

ただ、前職の西新宿高層ビル群の中に埋もれていた「ザ・サラリーマン」的な職場とは違って、当時まだ何もないまっさらで純白な「お台場」という土地に向かう日々に、いつか何かが変わるような期待をしていた。

人生が大きな下降線、株式のチャートでいうと、暴落して下がりに下がりきって低迷していたところだ。そろそろゆっくりと、じわじわと上がってもいいんじゃないかな。そろそろ転換点が来てもいいんじゃないかな。

「ゆりかもめ」は、僕にとっては牢獄に向かうトロッコ列車のようだった。僕はドナドナでいう荷馬車に揺られる「子牛」であった。

奇しくも東京のサラリーマンの聖地である新橋から出発して、そのトロッコ列車に乗って海に向かって流れていく様は、昔でいう本土から離れ小島に流される「流刑」のようにも感じられた。レインボーブリッジ手前で螺旋のように回りながら「流刑場」へ向かう。その螺旋の楕円は奇妙な形でぐるりぐるりと不可思議に回っていて、流刑人の脳を麻痺させるための仕掛けのようにも思えた。

お台場につくと、毎日、鬼上司からの攻撃を受ける。金曜日は会社に泊まり、帰りのモノレールは週末のカップルに囲まれて「カップル車両孤独地獄」というアトラクションを味わう。二等兵アリな僕は毎日毎日、自分の置かれている状況を悲観することなく、淡々と「奴隷」のように受け入れて、ピラミッドに重たい石を運ぶかのように、女工哀史のように仕事をこなす。

＊＊＊

お台場発の「ＪＳｋｙＢ」という会社は、業界内の合従連衡により2年足らずで、先行していた「パーフェクＴＶ！」と合併することになった。「スカパー！」というブランド名に統一されて、オフィスもお台場から渋谷に移った。東邦生命ビルという、竣工から20年経ち大きいけれどやや古めかしい駅近くの32階建てオフィスビルだった。

経営企画室のメンバーは倍増したが、僕の鬼上司たちに詰められる毎日は変わらなかった。

常に目が吊り上がっていた「おかめ鬼上司」と違って、「カマ鬼上司」は中学生ノリの過度な悪ふざけ攻撃を駆使するタイプだった。いつもすれ違いざまに僕の股間を「チーン！」などと言いながら触ってきていた。

「すだぁー！」「おい、二等兵！」と呼ばれていたのが、いつの間にか「おい、チン！」などと言われるようになり、しまいには「おい、ポコチン！」などと呼ばれるようになった。社内の会議や周りに女性がいる場でも「おーい、ポコチンくん！　早く資料を持ってきたまえ！」など大声を出すものだから、なかなかの恥ずかしさだった。通りすがりの女性社員が「ん？　あの若手社員のスダくんってポコチンって呼ばれてるの？」なんて珍獣を見るかのような表情をするのだ。これではカワイイ受付嬢と社内恋愛もできっこない。

カマ鬼のプチセクハラはどんどんエスカレートしていった。

僕がトイレでウンコをしていると、

「おーい、ポコチン！　お前がウンコしてるの知ってるんだぞ〜！」

と言われて、トイレのドアをよじ登って上から覗かれるのが日常になった。カマ鬼上司は覗くだけでは満足できず、

「俺もお前の隣でウンコするぞぉ〜！」

と言い出して隣のトイレに入って、自分の尻を拭いたティッシュ、すなわち紙の中心部にウンコがついている紙、をトイレの下の隙間から入れてきて僕に見せて喜んでいた。小学校のトイレなどで流し忘れたやつを見る以来の、他人の汚物を。

僕が「なんスカこれ！　やめてくださいよぉー」などと困った声を上げると、「ケタケタケタ」と高笑いをする悪魔超人の声が渋谷東邦生命ビルのトイレ内に響いた。

そんなカマ鬼上司だが、面倒見はよくて、僕をよく自宅に泊めてくれた。深夜2時

ぐらいに彼の家に一緒に帰宅すると、疲れてバタンキューと寝てしまう。朝になると、彼はパンツを脱いで下半身裸になり、まるで「和式トイレ」のようなスタイルで僕の顔をまたぐ。

「おーい、すだー、起きろー」

と大声をあげる。朝、目を開けると、視野全体にオトコの汚い尻及び陰部が埋め尽くされる光景は、日本ワースト百景である。こんなパワー&セクシャル要素でハラスメントする鬼上司が、2018年に東証マザーズに上場した企業のオーナー社長になっているのも、物語としては悪くない。

友人のKくんから「ソフトバンクのほうが楽しいぜ」というお誘いメールをもらって転職してから2年が経った。それでもまだ、二等兵アリの奴隷状態は変わらなかった。僕がいつまでも奴隷をやれているのには「理由」があった。

僕は仕事や学業よりも恋愛を重視する「恋愛依存症」タイプなオトコだった。自分が人生で最も重視していた「恋愛」において、大きな津波に飲み込まれてしまった。そして完全に心を失った。波にのまれ、全身からエネルギーが奪われた。余力なく流されるようにして転職した。

転職によって流れを変えたかった。また一方で心を失ったことで、悩むことなく、ただただ奴隷のように無心に仕事に埋没することができた。他にやることがないし、仕事に追われているほうが、余計な恋愛の傷を思い出さずに済むので、二等兵アリな奴隷状態は僕の心的にはウェルカムだった。

「恋愛」で空いた穴を埋めるために「仕事」をこなす日々。

人生において何が重要なのだかサッパリ分からない若造な僕だったが、何となく僕の人生の二大プロジェクトが勝手に決まってしまっているようだった。

「恋愛」と「仕事」。

それぞれのプロジェクトは大きな波のような曲線を描く。その波は三角関数のようにシンメトリックで美しいものではない。ときには大暴落のような大波が訪れたりするところは資本市場の波にも似ているが、同一視できるほどの酷似ではない。

僕は人生の序盤において、「恋愛」の大津波を受けて心を失った後、「仕事」の渦に巻き込まれて二等兵アリ奴隷として、何とか生き残り戦略を図る。ああ、人生の流体力学かな。ああ、人生の波動方程式かな。この激流をどう泳いでいくかが今後の人生の重要なポイントになるかもしれん。

人生100年時代、オトナになるのはまだこれから。本当の戦いはこれからだ。負けるな、二等兵アリよ。

茨城のシャイボーイ

田舎出身の非モテ男子。

水野敬也さん原作の『LOVE理論』というドラマ（2013年テレビ東京にて放送）の主人公にとても酷似していた。

茨城県の県南部にある牛久市で生まれ育った。SF映画の怪獣のような雰囲気を醸し出している巨大な「牛久大仏」が有名だ。ブラックバスが釣れる「牛久沼」とゴルフ場が多くあり、釣りやゴルフが趣味のサラリーマンにしか知られていないような辺鄙《へんぴ》な地域だ。関東平野に位置していて、遠くには筑波山がうっすらと見え、川や田んぼや森が目立つ田舎だった。

中学時代は学年一背が低かった。花形の野球部に入ったものの、万年球拾いで練習試合にすら口クに出れず、3年間一度もベンチに入ることができなかった。もちろん女子との恋愛などもってのほかだ。

高校もチビっ子からスタートした。入学式の日に他のクラスの子に一目惚れした。その子よりも背が低いので、廊下ですれ違うときはいつも背伸びをして歩いていた。毎日背伸びをし続けたので、足首に異様な筋肉がついた。クリスマス前に告白したら「ごめんなさい、友達だったらいいんだけど」と言われて玉砕した。その後、高校3年間で恋愛をすることは一切なかった。

チビっ子童顔キャラから脱皮したく、毎日カルシウム剤を飲んでドーピングした。ハンドボール部に入部し適度な運動もこなした。通学はママチャリで1時間もかかった。毎日毎日、筑波山からの「筑波おろし」という北風に向かいながら、森と田んぼをすり抜けて無味乾燥な田舎道を黙々と漕ぎ続ける苦行だった。一人で1時間黙考する日々は、今でこそメディテーションやマインドフルネスと言えるけど、多感な高校生の僕にとってはただネガティブになるだけだった。

「ああ、人生つまらん……」

「ああ、誰かこの森の中でママチャリを漕いでる僕を拾ってくれないだろうか」

「ああ、たまたまジャニーズ事務所のスカウトの人とこの田んぼ道ですれ違って『君、いいねぇー。デビューしちゃいなよ』って言われないだろうか」

「ああ、たまたまプロ野球のスカウトの人が現れて『君、ハンドボールやめて、次のドラフトで4位ぐらいで指名するからさ』って言ってこないだろうか」

「ああ、他の高校のカワイイ女子とすれ違って、バレンタインチョコでももらえないだろうか」


僕の妄想は何一つ実現されず、陰鬱な日々を過ごした。

僕の通う県立竹園《たけぞの》高校は近くの国立大学である筑波大学を目指すのが王道パターンな二番手進学校だった。筑波大学に進学してしまうと、ママチャリがロードバイクになり、漕ぐ苦行が1時間30分に延長される。

「このままだとダメ人間になるだ。おら、東京さ、いくだ!!」

この鬱屈とした非モテ田舎少年から脱却しなければ、家でファミスタやダビスタをやるだけの人生で終わってしまう。

進研ゼミの『大学情報』という雑誌をパラパラ見ながら、受験は東京の大学だけを選ぶことにした。


小さい頃から勉強が嫌いで、テレビを見るかゲームをするばかりだった。机に向かってるときは『週刊少年ジャンプ』のパクリ漫画を描いていた。受験勉強は中学時代の球拾い部活に続く、人生最大の苦行だった。

テレビとファミコンを押し入れにしまった。CDレンタルショップ「YOU&I」に行くのも止めた。通学中にウォークマンでBOØWYを聴くのは禁止とし、その代わりに自作の英熟語テープを聴いた。生まれて18年間、家で勉強するクセが全くついていなかったので、机に座るとすぐ眠くなってしまった。自分と机をヒモで縛り付けたり、まぶたに洗濯バサミを挟んだりして、日々机に向かった。

高校生なので、自分を慰めるようなことも結構な頻度でしなければならない。でも、それをしてしまうと勉強欲が急落してしまうのには大変苦心した。「性欲を勉強欲に変換できないだろうか?」と考え、世界史の用語集などにある少しエロいかもしれない言葉を暗記するテイで「アウグスティヌス、アウグスティヌス」「ヌクレオチド、ヌクレオチド」と暗唱しながら試みたりもした。その結果、テストの結果はそれはもう散々だった。

そんな「受験不適合」な僕だったが、高3の夏に本屋で『受験は要領』という本に出会い、そのメソッドに乗っかってギリギリ合格することができた。ホント、運が良かった。これはのちの就職活動におけるイマジニア社の最終面接、松下幸之助流の「君は運がいいか?」という質問の回答として使うことになる。

「やったー!! おら、東京に出れるだ!!」

大学の合格通知を受け取ってすぐ、押し入れからファミコンとテレビを取り出して部屋に設置した。大学デビューに備えて最新音楽を覚えてカラオケに挑まなくてはと思い、すぐさま自転車に乗って、駅前のレンタルCDショップへと向かった。勉強のときと違って、こういうときの行動スピードは早かった。

自宅から駅まではチャリで5分ほどで、国道6号という幹線道路を渡るところに、田舎ならではのやけに待ち時間の長い信号機がある。信号待ちをしていると僕よりも古びてボロボロなママチャリに跨《またが》ったオジサンが向こう側にいた。僕の父だった。

父は対岸の冴えない受験生を見つけると、不安そうな表情を浮かべていた。そりゃそうだ。それまで滑り止めで受けていた3つの大学も全てスベって落ちており「ほぼ浪人確定」ステータスな、家計のクズとも言えるダメ息子だった。お互い国道越しで見つめ合い、悠久のような長い待ち時間を経て、その色が青になり親子は国道6号の真ん中ですれ違う。

「おい、オマエ！　どこ行くんだよ!!」

すっかり未来に失望した息子に見えたのだろうか。受験生のくせにフラフラと昼下がりにママチャリで出かけるなんて怪しい。交差点を渡った先には踏切があった。父の表情は険しく、踏切にて飛び込み自殺でもするんじゃないかと心配している様子だった。人当たりの優しい父が珍しく「おい!!」などと語気を荒らげた。


「受かったわ。オレ」

交差点でのすれ違いざまの刹那、父につぶやいた。

悠久の待ち時間を経ての刹那。父は無言のまま道路の真ん中で右手を差し出し僕と堅い堅い握手をした。国道の車を優先する信号機はすぐさま点滅し、「握手のジカン」はほんの一瞬だった。人生で父と握手したのは初めての経験で、その後も二度とない。

大学入学当初は、新歓コンパにたくさん出たり、新宿歌舞伎町や池袋での合コン、ナンパなど、まさに「大学デビュー」三昧だった。しかしながら、茨城出身の田舎モノにはなかなか厳しい戦いで、まさに水野敬也『ＬＯＶＥ理論』の非モテ主人公と同様のスべりっぷりだった。「マジでぇ〜↑」とついつい語尾が上がってしまう茨城訛《なま》りが合コン中にバレてしまう。一向に彼女ができる気配はなく、童貞非モテ時代は続き、夢のＴＯＫＹＯ生活は未だ始まらない。

男三兄弟の3男として生まれ、女性への免疫がないのも非モテの原因だったかもしれない。そもそも女性という生き物の扱いが分からなかった。母親ともよくケンカをしていて、女性へのリスペクトが低い。女性といえば『ザ・ベストテン』に出てくる歌手やアイドル雑誌『明星』に掲載された美しい女性へのイメージが先行してしまい、今で言う「二次元しか愛せないオタク」のごとく、理想と現実のギャップに苦しんだ。

「茨城のシャイボーイ」の上京物語デビューは大きく遅れた。一人暮らしをすれば良かったかもしれない。茨城の県南地区はＪＲ常磐線という電車で都内まで1時間ほどで通えてしまう距離だった。常磐線はいつもワンカップ酒の匂いが漂っていた。ワンカップ列車で毎日通っていると、高校時代にママチャリで通っていたときと同じような「ああ無情」感が押し寄せてきた。

「オレのＴＯＫＹＯ物語。こんなはずではなかったのに……」


そんな僕に初めての恋が訪れたのは、ＴＯＫＹＯとは関係ない場所からだった。

茨城県土浦駅近くの居酒屋「白木屋」で高校の同窓会が開かれたことがキッカケだった。

「いやー、地元で飲むの久しぶりだなー。大学の飲み会だと新宿アルタ前集合とかでさー、新宿だと人多すぎで待ち合わせ大変だよなー、土浦なんてガラガラで空いてていいよねー」

地元で「都会っ子」気取りになっている大学デビューな痛いオトコ。どこの田舎でもいるよね。

「俺、渋谷よりはさー、なんか新宿がいいんだよねー。渋谷って何かキザで調子に乗ってる感じあるじゃん。新宿はあの雑踏感がいいよね」

語尾に「じゃん」をつけて話すようになっていた。

大学2年になって東京へ通って1年が経っていたものの、まだ渋谷は恐れ多くて都会にビビっていただけだった。20歳になってお酒を飲めるようになったけど、居酒屋でも苦いビールよりも、カルーアミルクやスクリュードライバーといった甘いお酒をオーダーするお子ちゃま学生だった。

「お前のために、カルーアミルク、ガンガン飲むぜ！　そして、このお店のカルーアミルクおかわり新記録作るぜ！」

これが僕の人生初めての口説き文句だった。90年代という時代背景をも言い訳にできない、カッコ悪いにもほどがある迷ゼリフだ。

僕はその同窓会で注文をとるアルバイトの女性に恋してしまった。白木屋のカルーアミルクに媚薬が入っていたのか、12杯の白木屋土浦店の新記録を作ったからか、真相は定かではないが、とにかく恋に落ちた。

茨城のシャイボーイは1年間の大学生活を経て「酔拳」をマスターしていた。単に酔った勢いなら女性と話せるという、田舎の工業高校でも取得可能なレベルの低いスキルだ。この日はカルーアミルクという白ポーションを重課金して、勇者イバラキは「酔拳」からさらにベロンベロンな「泥酔拳」への進化を遂げていた。

「かわいいですねー、かわいいですねー、かわいいですねー」

「電話番号おしえて、電話番号おしえて、電話番号おしえて」

居酒屋でバイトしたことのある女性なら、一度はこのようなしょーもないオトコからの泥酔拳をくらう。「あー、今日は変なオトコに絡まれちゃって最悪〜。土曜のシフト、もう辞めようかな〜。てゆーか、もうこのバイト辞めよっかな」と同僚に愚痴るはずだ。

泥酔拳の副作用により僕の記憶はすっかり飛んでしまった。始発列車に乗って家に帰る途中、ふとズボンのポケットに手を入れると、「22-●●●● マミ」という女性からの手書きメモが見つかった。その当時は携帯電話がまだ普及しておらず、自宅の電話番号だった。マミちゃんは茨城県にある短期大学の1年生だった。畑に囲まれた小さなアパートで一人暮らしをしていた。

「あ、こないだの居酒屋では絡んでしまってゴメンナサイ。ぜひ、一度、ご飯でも行きましょう」

カルーアミルクを使ったサイテーな口説き文句だったけど、タイミングが良かったのか、トントン拍子で付き合うことになった。

「おら、東京さ、行くだ」の決意も虚しく、僕の人生初めてのカノジョは地元居酒屋のアルバイト店員さんだった。しかし、マミちゃんは地元の子かと思っていたら、意外にも東京出身だった。実家が東京なのに、僕とは真逆にこんなナンニモ無いクソ田舎の短大に入学してきた。若い男女が奇跡的に茨城と東京でクロスした。これは時空を越えた『君の名は。』的な壮大なるラブストーリーの始まりかもしれない。

都内の女子校を卒業していたマミちゃんは、茨城の小娘たちとは違っていた。150cm弱の小柄な体型で、化粧が薄くてスッピンが似合い、猫や犬などの小動物が大好きな女性だった。TBSドラマ『高校教師』に出ていた持田真樹を少しふっくらとさせた雰囲気だった。初恋人としてのルックスは申し分なかった。

僕の大学生活は「マミ」と「バイト」の二本柱になった。片手間だったテニスサークルとマスコミ研究会をとっとと辞めた。学生の本分である勉強なんてものは一ミリもない。人生の経営ビジョンだかミッションだかを「恋愛」と「仕事」の二本柱に絞った瞬間である。バランス的にはホントは三本柱にしといたほうが良かったかもしれないが。

僕の手帳には「M」（マミの隠語）というイニシャルが多く書かれた。

「お前の学生生活は『マミ、マミ、バイト、マミ、バイト』だな」（七五調）

同じ大学のマスコミ研究会をフェイドアウトした悪友のアジマが、手帳を覗き見しながら揶揄《やゆ》していた。

一回目の恋愛依存症（マミ学生編）

「恋愛至上主義の女々しい蟹《かに》座男子」

これが学生時代の僕のキャッチフレーズだろうか。

仕事もこなす自立女子が増える時代に逆行して、僕は女子よりも女々しいオトコだった。それでいてガサツであり、テキトーであり、このオトコは将来まともな仕事につくことができるのかとても心配になる。

オトコは毎日毎日カノジョのことばかりを考えていて、まるで「オンナにうつつを抜かしている茨城のマイルドヤンキー」だった。何につけてもカノジョとの時間を最優先する。「その一秒を削り出せ」の精神で一秒でもカノジョと会う時間を捻出しようとする、非モテ勇者イバラキの初恋。おれ、会いたいっぺよ。


カノジョのアパートは家から車で20分ほどの場所にあった。県下一優秀な公立高校の前を通りすぎ、片田舎の住宅街と畑だらけの細い道を抜けるとそのアパートがポツンと建っている。僕は自分の車を持っていなかった。親の車を拝借して会いに行かねばならなかったので、車を使う口実を作るために地元で家庭教師《カテキョー》のアルバイトを始めた。

「お母さん、今回の中3の教え子は頭悪くてね。ちょっと補習も必要なので遅くなるから夜ご飯はいらねーわ」

「カテキョーバイトの後に、そのまま土浦の高校時代の友達んちに遊びいってくるわー。あ、酒は飲まないから大丈夫。スーファミやるだけだから」

僕の考えた「カテキョースキーム」によって、週3日はカノジョに会うことができた。

「その一秒を削り出せ」のビジョンが自己浸透している。

カノジョの住むアパートは、キッチン、リビング、和室と部屋が揃っていて、女性一人で住むには十分すぎる間取りだった。部屋には大きな窓があり、その先の縁側でガーデニングができそうだ。縁側の前に駐車場があり、住人の多くは学生さんのようで、車はほとんど停まっていない。大学の同級生たちが住む西武新宿線沿いのタバコと脂《やに》臭い男子部屋や、足立区綾瀬のカップ焼きそば臭いワンルームとは大違いだった。
デートは家の中でまったりと過ごすことが多かった。休みの日などは車でドライブしたり、温泉旅行やスキー旅行などにも出かけた。何もかもが初めての経験であり、しっかり丁寧に付き合っていた。初めての恋愛にしては順調だった。甘くステキなデイズだった。

しかしながら、恋愛への熱量に大きな差があった。
「オレはこんなに会いたいって思うのに、マミちゃんはいつもサッパリしている」
「会いたいって言うのは、いつもオレからだ」

僕の想い＞マミちゃんの想い

この「想いの差」が大きすぎて、女々しい蟹座男子の僕は常にマミちゃんに対して不満を抱えていた。

「お前、それってさ。要するにさ、ただの『片想い』じゃね？」

悪友アジマの冷静な不等式への分析、恒例の揶揄が始まった。

同じ茨城県出身（水戸市）のクセに、イケメンで180cmを越える身長、豊川悦司さんを少し爽やかにしたようなルックスのアジマは、僕とは100馬身差を離してのぶっちぎりのモテ男になっていた。同じ田舎モンだったのに、この1年ちょいで開いた差は大きかった。僕には「酔拳」のスキルしかなかったけど、アジマは既に「オシャレ」「トーク」「一人暮らし」などのスキルと装備を揃えて、もうすぐ竜王を倒せるレベルに近づいていたようだった。

合コンやナンパに明け暮れていた他の悪友たちも、大学2年になると、みんなステディなカノジョができ始めた。山形出身のウメキも群馬出身のアライも岐阜出身のキリヤマも、みんな田舎モンのクセにしっかりとカノジョをゲットしていた。

みんな「女子のほうが男を好きになる」パターンで、男で追っかけているのは僕だけだった。一般的には女子のほうがデートに連れていけだのプレゼントは何が欲しいだのうるさいみたいだ。地下鉄早稲田駅前のダンキンドーナツで悪友たちと味の薄いアメリカンコーヒーをおかわりしながら、「オマエ、本当の恋を見つけろよ」と毎日言われた。本当の恋を見つけるために、悪友たちと連れ添って合コンするものの、毎回「やっぱ、マミちゃんのほうがカワイイわ〜」と一方的な想いが余計に積もるばかりだった。

僕は生まれながらの非モテストーカー気質なのかもしれない。定期入れにカノジョの写真を入れて通学途中でそれを眺めたり、声を聞きたいときはカノジョの留守番電話の声を聞いて、自室でほくそ笑んだりしていた。キモい、キモすぎるぜマジで。ビョーキと犯罪のハザマだぜ。

これはいわゆる「恋愛依存症」の初期症状かもしれなかった。自己よりも他者を評価してしまうような他者依存。だけれども利他精神ほど美しくない。だって結局「一秒でもアナタに会いたい」なんて自分のエゴを押し付けているのだから。本当の愛とはほど遠い、甚だ微妙な「恋愛依存症」だ。

熱波サウナ「ロウリュ」のような僕の恋愛感情と違って、マミちゃんは常温でとてもサッパリとした感情の持ち主だった。あまり感情を表に出さず淡々としていた。「好き」という言葉を発することは一度もなかった。僕がそれらしきワードを受け取れるのは、年に一度の誕生日やクリスマスのメッセージカードにだけだ。

付き合って2回目の僕の誕生日に「大好き」と書かれたメッセージカードをもらった。僕は感動のあまり心臓の弁が震え、自室で卒倒してしまいそうになった。しかしながら、そのカードによって僕の期待値が上がってしまった。日常の会話やデートにおいて、「あれ、また追っかけてるのは俺ばっかりじゃん。全然カードに書いてあったことと違うじゃないか！　カードに書いてあるのに、もう！　嘘つき!!　俺のこと、そんな好きじゃないんじゃないか！」などと勝手に悲愴感にくれて、酒に溺れて泥酔し、その勢いでカノジョに暴言を吐き、常磐線北千住駅ホームのベンチで号泣されて、別れる寸前にまで追い込まれたりもした。

完全にビョーキですね、これは。自らを擁護すると、この感情は自分でもコントロールすることのできないものだった。脳で感じているとは思えなかった。田舎で純粋培養されてしまった、純白な感情の澱《おり》が体の奥底に入り込んでしまっている。名医ブラックジャックをもってしてもオペできないようなビョーキ。

そんな異常値なカレシの僕だったが、土浦という僻地にて一人暮らしをするカノジョにとっては、いざというときの心の支えになっていたのかもしれない。一人暮らしをしている間、カノジョが傷つく事件にいくつか遭遇した。

ある日マミちゃんは子猫を拾ってきた。東京の実家では犬を飼っていて「猫を飼うのが夢だったのよ」と言っていた。僕も実家では猫を飼っていて大好きだった。

床に入るとその猫ちゃんが「僕も入れてよ、にゃー」とつぶらな瞳で甘えてくる。そのつぶらな瞳を眺めると、まるで聖母になったような気分になる。聖母になった僕はオトコとして恋愛感情を高めることが困難になった。「アウグスティヌス、アウグスティヌス」と世界史を勉強しながら自分を慰めるかつての無理ゲーに似ていた。僕、マミちゃん、猫ちゃんとお互いに好意を持ちつつも、全員のニーズを満たすことのできない「小さなセカイの三角関係」だった。ちっぽけなアパートで繰り広げられる、大きなセカイの暗喩であるような気もした。

マミちゃんはそんな愛猫を毎日毎日愛でていた。ある日、珍しくマミちゃんのほうから電話がかかってきた。

「お！　これはとうとう俺のことを好きになってきて、もう電話で言いたくて言いたくて仕方なくなったのかな？　苦節1年半、ようやく俺の愛の時代が来たか！」と依存症な妄想をしながら電話口に出ると、カノジョの口調は想像とは真反対の重々しさだった。泣いているようだった。

「ね、ね、猫ちゃんが……。し、し、死んじゃったよう……」

マミちゃんは電話口で息を漏らすように泣いていた。僕は車に飛び乗り、アパートに駆けつけて終始慰めた。マミちゃんは猫の死をキッカケに、短大を何と1週間も休んでしまった。小動物にはとても心優しい娘だった。

もう一つ、マミちゃんが深く傷つけられそうになる怪奇ホラー事件が起きた。カノジョの部屋は2階建てアパートの1階にあった。住宅街ではあるのだけど家と家の距離はいくぶん離れていて、夜になると人通りもなく女性が一人で歩くには少し危険な場所だった。近くの車道沿いには地元の労働者が通うようなスナックや飲食店があった。

ある日の夜、二人で部屋の中でまったりと深夜のバラエティ番組を観ていると、テレビの後ろの曇り窓ガラスからぼんやりと男の顔が浮かんできた。生まれて初めて幽霊を見た。「ハッ」と心臓が止まってしまうような、息ができなくなるような、ショック状態になった。あまりにも唐突なホラー映画すぎて声を出すことができない。

曇りガラス越しの男の顔はより鮮明になり、ギョロ目を開けて、部屋の中を舐め回すような回転を始めた。幽霊ではなかった。キモいオッサンだ。一人暮らしの女性宅を窓から覗き込もうとしているキモいオッサンだ。なぜ女性宅ということが分かるのか？　たまたま近くを通ったわけではない、常習犯の可能性が高い。
僕は20歳前後のヒョロヒョロとした童顔ボーイだったが、ここは男子たるもの怯《ひる》んではいけないと思い、勇気を出してガラッと窓を明けた。すると、40歳前後と思える気の弱い熊のような顔をした冴えないオッサンがホロ酔い姿で恥ずかしそうに立ちすくんでいた。僕と目が合うとそそくさと少し頭を下げて、謝るような仕草をして去っていった。

事件は1ヶ月後に起きた。

僕は車を飛ばして日中にアパートに駆けつけた。
先に警察官二人とカノジョのご両親が到着していた。
30代前後の警察官が何やら暗い顔をしたご両親と会話をしているのが見えた。
部屋の窓ガラスが割られていた。
僕が「幽霊を見た」と勘違いした、あの窓ガラスだ。

マミちゃんは無事だった。

マミちゃんが不在の際に、不審な男が侵入した。タンスが荒らされ、下着が盗まれて、リビングには男性の精液で濡れた下着が散乱していたらしい。

今考えると、めちゃくちゃ恐ろしい。テレビで報道されるような大事件の一歩手前だ。とっとと引っ越したほうがいいよこれ。つーかもう、一人暮らしを撤収させて実家から通わせるべきだよこれ。ご両親は東京下町で酒屋と１００円ショップを営んでいて、父親は背が低くてずんぐりむっくりとやや毛深い猫ひろしみたいな人だった。母親は同じく背が低くて小太りでチャキチャキとして気の良さそうな、象印クイズ『ヒントでピント』に出演していた小林千登勢さんみたいな人だった。

僕はそんな事件現場を検証する部屋で、初めてご両親に挨拶をした。部屋に入って「どうも、はじめまして」などと会釈した僕の頭の先には、下着が散乱していたと思われるテーブルがある。20歳の僕にとって、こんなシチュエーションでのご両親とのご対面は、シーンが衝撃すぎて何が起きてるか分からなかった。まるで１９３０年代の海外の白黒映画を字幕なしで観ているような灰色に包まれた空間で、誰が何の会話をしているのか、全く把握できなかった。

ご両親はやけに冷静な様子に見えた。お互いに会話もあまり交わさなかった。「おい、お前。マミのことは頼んだぞ」とお父さんから無言のプレッシャーを受けたような気がした。

後日、質素なアパートの窓に堅牢な鉄格子が取り付けられた。窓はまるでアメフト選手のようだった。僕はそのアメフト選手とともに「マミちゃんを守らなくては」と強く思った。奇しくもご両親と会うこともできて、お付き合いが「公認」状態となった。親の車で夜な夜なアパートに向かうその行為も、たった一人のカノジョを守るための正当行為なのだ。弱きを守るスーパーヒーロー。田舎の国道を疾走する自分の姿を、昔テレビで観たヒーロー、仮面ライダーと重ね合わせる。そして車中で僕は歌う。

♪でもヒーローになりたい　ただ一人　君にとっての♪（「HERO」Mr.Children）

90年代の白いファミリーカーに初心者マークを付けて走る僕に一ミリもヒーロー感はなかったけれど、憧れのブイスリーだかアマゾンだかストロンガーだかスーパーワンだかに近づいていている気がした。

恋愛依存症なオトコの「相手を守ろうとする気持ち」は強かったに違いないが、その「強い気持ち・強い愛」は、一方でヒーロー気分症候群という痛い症例の一つとも見受けられる。

＊＊＊

マミちゃんは短大を卒業し、都内にある介護専門学校に通うことになった。専門学校の場所は新宿区早稲田にあり「学校が近くなるね」なんて会話をした。

僕の初恋第1章「イバラキ土浦編」は終了を迎え、「ＴＯＫＹＯ編」に突入だ。90年代を代表する雑誌『東京ウォーカー』を買ってデートプランを練る。

「今週末はどこにデートしよっか？　横浜に観覧車でも乗りに行こうか？　恵比寿ガーデンプレイスでも寄ってみようか？」

しかしながら、お互いまだ学生だったのでお金がない。デート代がない。そして東京はとにかく人がたくさんいて、茨城と比べると二人きりになれる場所が少ない。

金欠学生の僕らならではのデート「半蔵門線スキーム」。地下鉄半蔵門線の終点が水天宮前駅だった頃。半蔵門線に乗って表参道～水天宮前間を１８０円足らずでただただ行ったり来たりして2時間を過ごす。土曜の夜の半蔵門線の終点の水天宮前駅はほとんど人がいなかったので、降りると次の電車が発進するまでの「10分間」だけ二人っきりになれる。貧乏学生の夢のないデートだったけど、一秒を削り出す精神の僕にとっては、水天宮前駅の10分間は永遠にも感じられる時間だった。

そんなこんなで東京でのお付き合いでも1年が経つと、僕の就職活動が始まってしまった。あぁ、恋愛にうつつを抜かすだけでは生活できなくなってくるぞこれは……。

「あなたが学生時代、一番力を入れたことは何ですか？」（人事担当）

「はい。それは恋愛でございます。地元の白木屋の店員に一目惚れをいたしまして、一心不乱に、片想いといいますか、お付き合いしてきました。定期入れにカノジョの写真をいれてトイレで眺めたり、カノジョの留守番の声を聞いたり、細切れ時間でもカノジョを想い焦がれることをしておりました。僕は諦めずに、いろいろと工夫してやり遂げるチカラがあると思います。つきましては、御社にとっても僕という人材は粘り強い精神で必ずや結果を出せる……」

なんて自己アピールはゼッタイにできなかった。

マスコミ就活での敗戦が濃厚になり、社会に適合するために一般企業にも目を向けなければならなかった。ただ、支店が多い大企業だと1年目に地方に飛ばされるケースが多く、「マミちゃんとの遠距離恋愛は辛すぎる」と、目先の恋愛を優先する相変わらずの恋愛依存症スタイルで東京勤務な企業を探していた。新宿本社勤務しかないイマジニア社から無事内定がとれた。目先の恋愛を優先していた就活だった。

初めて、心を失う。大失恋

僕が社会人になって忙しくなったものの、マミちゃんとは週一のペースで会っていた。カノジョは専門学校2年目だった。

朝から立ちっぱなしの常磐線で1時間半かけて毎日通う社会人生活は、日々辛《つら》いものので、週末だけが唯一のオアシスだった。日曜日の『サザエさん』が憂鬱になるってことだったのか。楽はできないオトナの階段を登り始めていた。「週末が早くこないかなぁ」と毎日会社のトイレでガラケーを開きながら日々苦悶《くもん》していた。

社会人になってからも僕は恋愛依存症を継続していた。学生時代の頃と比べても、想いは変わらず。仕事場で出会う女性と比べても、「圧倒的にマミちゃんのほうがカワイイ」と盲目な恋は続いていた。学生時代は「マミ、マミ、バイト、マミ、バイト」（七五調）のキャッチコピーだったが、社会人になってから「ヘイジツシゴト、ドニチママミ」（七五調）のフレーズに変わった。


あっという間に社会人2年目の春を迎えた。

マミちゃんは専門学校で「介護の仕事はやっぱり辛い」という結論に達し、普通に就活をして歯医者の受付をやることになった。勤務がシフト制だったこともあって、今までのようなペースで会うことができなくなった。もう付き合って4年になるだろうか。僕のほうはマンネリすることなく、相変わらずの依存症体質だった。「ヘイジツシゴト、ドニチマミ」な生き方で、週末を待ち焦がれるタイプだったが、その大事な週末に会えない状況が続いた。

会えない時間はまるで何かの中毒患者のように、心身に障害をもたらす。満たされない想いが全身に充満する。歪んだ煙を見つめながら、漠然とした不安に襲われる。何かで誤魔化そうと日々悶々とする。遠距離カップルのように電話で誤魔化そうとする。しかし、マミちゃんは電話が苦手だった。会話が盛り上がらず無言が続いたりする。心のリカバリが図れない。お互い時間が取れない中、疲れた身体に鞭打って、深夜に車を飛ばして会いに行ってみたりする。テンションが上がっていたのは僕だけで、サッパリな対応をされる。気持ちのすれ違いを深く認識し、中毒患者の僕が無駄にダメージを負う。


まるで中毒患者の末期症状が出始めていたようなある日。相変わらず会う時間が作れず電話をかけてみると、電話口のカノジョの機嫌がすこぶる良かった。この4年間の電話嫌いを吹き飛ばすようなハイテンションだった。

「ねぇねぇ、聞いてくれる？　おかしいんだよホント！」

「何か思わずテンションあがっちゃってさぁ〜」

何か別人のようだった。おとなしいマミちゃんがハイテンション芸人になってしまった。僕はこの異常すぎる変化に不安を覚えた。

「何でこんな機嫌がいいんだ？　恋人と会えないのに、何でこんな楽しそうなんだ？ん？　これは僕と会えなくなったから楽しくなったのか？　会ってない職場が楽しいのか？　こっちは全然楽しくないんだけど。この認識格差はどういうことだろうか？」

これまでも「恋愛観」や熱量については格差があった。僕らは恋人同士だったけど、単に同じ空間や時間を共有する量で強引に繋がっていただけなのかもしれない。空間や時間という三次元、四次元のセカイでは繋がっていたのかもしれないが、心や精神の存在する高次元ではすれ違っていた。ともに過ごす時間が少なくなったこのカップルには、以前からの「綻《ほころ》び」が明らかにその姿を現し始めた。

僕と会わなくても楽しい↓僕と会ってるよりも楽しい↓僕と会わずに職場のオトコと会っているほうが楽しい↓職場のオトコ＝歯医者↓イケメンの歯医者がいてカノジョに手を出している、という妄想が安易に浮かんでしまう。心にしまっておけばいいはずの言葉が僕の口から勝手に溢れ出ていった。

「え？　え？　どうしたの？　何か……ちょっと異常なテンションじゃない？　精神大丈夫なの？　躁病とか？」

僕の口から勝手にそんな言葉が出てしまった。自分の脳から命令したわけじゃない、どっかの悪魔がコントロールセンターに侵入して勝手にボタンを押しやがった。徐々にその姿を明らかにした「綻びの悪魔」の仕業だ。悪魔が微笑みながら、僕の心の中から言葉を引きずり出して、口元からポロっと嘔吐させた。全身黒ずくめで痩せていて、細い眉毛に目のつり上がった「悪魔」は、錆びた中華包丁のような不気味な笑みを浮かべていた。

「オマエの『心の声』を出してやったんだぜ。感謝しろよ」

カノジョは沈黙した。一言も話さなくなった。

「綻びの悪魔」の存在にしばらく囚《とら》われてしまい、ふと我に返ると、沈黙が続いていたため、気を取り直して、

「え？　どうしたの？　何で黙っちゃったの？　ゴメンゴメン」

「ん？　何かしゃべってよ」

「おーい！　どうしたー？」

と焦ってリカバリに努めたが、カノジョの沈黙は永遠かのように続いた。

我に返った僕は激しい焦燥感に囚われた。押してはいけない弾道ミサイルのボタンを押してしまったようだった。いや、僕が押したんじゃない、悪魔のやつが勝手に押しやがった。僕は取り返そうと話しかけたけど、カノジョからはすすり泣きしか聞こえてこなかった。


この着弾のあとは、カノジョは一切電話に出なくなった。

居留守を使われるようになった。

2週間ほど経って、自宅にカノジョから手紙が届いた。

「あなたのことが分からない。もう好きなのかも分からない。これからも分からない」


心を失った。


手紙を受け取った瞬間から、目の色覚が狂ってしまったかのように、セカイは灰色になった。自分の人生で最も優先していたものがゼロになった。

色覚ってなくなるんだな。本当にセカイは灰色になるんだな。

自分の部屋で見えない何者かに鈍器で殴られ続けて、脳が外に出ていってしまったような。何とも言えない頭痛が続く。痛いのかすら分からず、意識があるのかも分からず。子供の頃に40度の高熱を数日間出したとき、「あれ、僕はこれ生きてるんだっけ？どうなんだっけ？」と錯乱したみたいに。

「別れましょう」と日本刀でバッサリ斬られた方がマシだった。「もう好きなのかも分からない」の一文が小さな毒針のように心臓をつく。「分からない」という言葉がリフレインされている。頭の中でその言葉を咀嚼《そしゃく》しようとすると、一つ一つ脳にパンチを受けたかのような感覚になる。咀嚼しようとすればするほど、パンチドランカー状態に陥る。

綻びの悪魔のチカラで出てしまった一言により、溜まっていたマグマが爆発してしまった。いや、でも5年間付き合っていて、信頼残高というか愛情残高はあるはずだ。気を取り直して取り組めば、まだ回復できるかもしれない。

濁流に飲み込まれた小さな僕は、心を落ち着かせるために手紙を書いた。ペンを持つ手が震えていた。朝目が覚めるとペンを握ったままの自分と、読めない字で埋め尽くされたノートが足元に転がっていた。

電話してもカノジョは一向に捕まらない。居留守を使われているようだった。僕に対して気さくだったお母さんも、事情を察して冷たい態度に変わっていった。話すことすらできず、その後一切連絡が取れなくなる。打ち首獄門よりもダメージを受ける拷問スタイルであり、深手の傷を負いながらも、徐々に真綿で首を絞められるような拷問。小さな絶望感が繰り返されるようで、電話を切られるたびに毎度毒針で心臓を突かれるようだ。就職活動で断られ続けて自殺してしまう学生の心情が少し理解できるようになった気がした。

濁流の渦に巻き込まれているようだった。完全に力尽きるまで、渦の底に少しずつ飲まれていき、渦の底には僕の心を全て食べ尽くす猛獣が待ち構えているようにも思えた。いや、僕が底にたどり着く頃は既に心の全てを失っていて絶命するかもしれない。


失った心から、さらに心が少しずつ削り取られていくような毎日。

いっそのこと、とどめを刺してくれよ。


終焉を求めて偶然会えそうな場所で待ち伏せてみたり、ストーカー一歩手前まで追い込まれたが、それも徒労に終わった。

僕は必要のない存在だったのだろうか。土浦時代、猫が死んでしまったときには傷心のカノジョを近くで慰め続けてきたし、下着泥棒が入るという恐ろしい事件の後も、カノジョを守る存在としてご両親にも認められていたような気がした。東京に戻ってきてから、僕はカノジョを守る存在としてはそれほど必要とされていなかったのか。単なる週末のエンターテイナー、気晴らし的な存在。その気晴らしも飽き始めた頃に、いいタイミングでイケメン歯医者のライバル男が現れたのか。

狂気の恋愛依存症患者。いいじゃないか。狂っていたって。

だって、5年も付き合っていたんだぜ。初めての恋愛。大学時代の僕の全て。一度も冷めることなかった熱量。冷静なオトナになんてなれないよ。そりゃ、狂うさ。拷問なんだから。毎日が拷問なんだから。助けてほしいよね。別に何かを求めているわけではない。ちゃんと話をして「トドメを刺してくれ」ってだけなんだ。心を失った瀕死のストーカーは真実を知りたがっていた。真実によってトドメを刺してほしかった。

カノジョは5年付き合って、僕の性格をある程度分かっていたはずだ。僕と直接話をするとシツコイしやこしいので、もう一切関わらずにフェイドアウトしたいという戦略だったのだと思う。後味の嫌な仕事はなるべくしたくない、ドライにサッパリとやりたいタイプ。5年付き合ったけど、まあ、過去は過去。5年付き合ったクセに電話であんなヒドイことを言われては、もうこの先はこの人とはやっていけない。うん、職場の福山雅治似の歯医者Aさんのほうがステキで、私の心はもうそっちになびいてるって感じだったかもしれない。

僕はもう悪魔のやつの言う通り、綻びに身を任せて決着をつけたかった。真実を知り、ハッキリと終わらせてほしかった。日本刀で切りつけてほしかった。しかし、この拷問は未だ終わりが見えない、濁流の渦だ。狂った自分だったが、日常生活は続く。周囲にこの傷心がバレないように過ごしていたが、ふとしたときに異常な「喪失感」が襲ってきたりする。

土曜日の朝、一人で歯磨きをしていると、この濁流の渦に落ちている自分が脳内でヴァーチャル・リアリティ（VR）感覚で鮮明に映し出された。逆らうことのできない圧倒的な渦に巻き込まれて、沈んで息ができなくなるVR体験だ。息の詰まるような水拷問に加えて、毒薬で徐々に身体が弱っていくようなVR体験。洗面台の鏡に向かって無意識で「ああああああ――!!」と絶叫していた。人生で出したことのない声量で、初めての絶叫だった。同居していた優しいおばあちゃんが飛び起きてきて「どうしたんだい？」と声をかけた。

心のセカイと現実世界が交わってしまった初めての瞬間だった。VR体験なのに、現実のセカイで大声、奇声をあげてしまった。またしても悪魔の仕業だった。押してはいけないスイッチを押しやがった。

「え？　大きな声でも出さないと現実のセカイでやっていけないだろ？　いいんだよ、絶叫しちゃえよ。狂っちゃえよ」

またしても、全く悪気のない表情で、吊り上がった目で答えた。

悪魔は瞬時に消えてしまう。僕はすぐに気を取り直す。気の優しいおばあちゃんに余計な心配をかけてはいけない。80歳を過ぎたおばあちゃんに男孫の失恋相談なんてできっこない。現実のセカイに合わせるようにして僕は、

「あああー♪　あああー♪　ニューヨーク！　ニューヨーク！　あいつを愛したら!!」

と絶叫で酔っ払って一人カラオケをするふりをして誤魔化した。

おばあちゃんはそれがＢＯØＷＹの「ＮＯ．ＮＥＷ ＹＯＲＫ」という曲だということも分からぬまま、安堵の表情を浮かべて朝ごはんの支度を始めた。「一瞬、うちの孫が気が狂ったかと思ったわ。あー、良かった良かった」という顔をしていた。

心を失った僕は、もはや人生ヤケクソにもなっていたし、ゼロがいい、ゼロになろう

と思っていた。そんな矢先にソフトバンクに転職していたKくんから「こっちのほうがイマジニアよりオモシロイから」と誘われた。新しい環境に身をおいて再スタートが必要だと思い、転職することに決めた。

そう、恋愛依存症の僕はただ単に大失恋したから転職したのだ。

キャリアアップでもなんでもない。人生の二本柱「恋愛」と「仕事」において一つの柱が崩落してしまったため、残るは「仕事」しかなかった。ああ、やっぱり三本柱にしておくべきだったかもしれない。空っぽの心を埋めるために、何も考えずに無心で仕事するしか選択肢がなかった。何かで心を埋めないと、受け止められない喪失感で、ホントに気が狂いそうだったから。

八郎とホリウチとゾスとゲキヅメ

1999年。社会人4年目を迎え、渋谷の東邦生命ビルにあるスカパー社で二等兵アリとしての社畜がサマになってきた頃。僕の直属上司であったおかめ鬼と中尾彬風の大ボスの二人がやけにオフィスを不在にすることが多くなった。出身母体である日本橋のソフトバンク社に往訪する予定が多いようだった。

スカパー社は、ソフトバンク、ニューズ・コーポレーション、フジテレビ、ソニー、伊藤忠商事、住友商事、三井物産、電通、などなど株主が多く、現場ペーペーな僕から見ても「船頭多くして船山に登る」ようで、経営の意思決定スピードが遅かった。

業を煮やした僕の上司二人が大株主のソフトバンク社にかけあって、スカパー社を成功させるためのマーケティング会社を立ち上げる準備をしていた。ソフトバンク60％出資と光通信40％出資のジョイントベンチャー、当時の「ITバブル天然記念物」のようなソフトバンク子会社だった。両社が株式市場をブイブイ言わせている頃だった。「デジタルクラブ」というなかなかのダサい社名だった。

僕はおかめ鬼の命令により、強制的にデジタルクラブ社への転職を余儀なくされた。僕はスカパーのプロパー社員であったため、特定の大株主（ソフトバンク）への引き抜きはご法度だった。しかも僕はスカパー社の経営企画部門の若手社畜として、安い人件費でこき使われていたリーズナブル人材だった。おかめ鬼からは、

「オマエは一旦友達の会社を手伝うという理由で退職しろ。1ヶ月ぐらい友達の会社に在籍して、その後、俺たちにジョインしろ」

というういつもながらの無茶オーダーが出た。

ちょうど、僕をソフトバンクに誘ってくれたKくんが、早くもソフトバンクを退職して起業していた。僕はその友人が立ち上げた会社を手伝う、という理由でスカパー社を退職した。辞表の提出先はソフトバンク出身の大ボスなのだけど、その大ボスと

一緒にデジタルクラブ社に戻るというストーリーだったので、「人事部長との面談で一芝居うつぞ。オマエちょっと泣き芝居をやれ」と言われ、「須田!! オマエはオレが育てたやったのに、もう辞めるのか！」と大ボスが僕に向かってドスを利かせた太い声で啖呵《たんか》を切った。

ソニー出身の人事部長と大ボスに囲まれて、僕はうつむき加減にちょい泣きする演技をした。僕にとっては幼稚園のおゆうぎ会以来の演技だった。茶番劇だったかどうかは分からないけど。

Kくんは「コミュニケーションオンライン(COOL)社」という会社を立ち上げていた。ファウンダー2名で有限会社でスタート。当時株式会社にするには役員が3人必要ということで、「ちょっとハンコ持ってきて」と言われてトモダチノリで僕はこっそりと取締役になっていた。葛飾《かつしか》区亀有《かめあり》の月6万円ぐらいのアパートで創業し、たまにスカパー社での仕事帰りに立ち寄ったりしていた。

株式会社にした理由は「資金調達をするため」らしく、その資料作成を手伝うことになった。当時、「資金調達」の意味はサッパリ分からなかったし、ベンチャーキャピタル(VC)という存在も全く知らなかったのだけど、スカパーの経営企画室でさんざんエクセルやパワポをいじっていたので、そこで覚えたそれっぽい資料を作った。

僕の資料でKくんと一緒にベンチャーキャピタルを回ることになった。３社ほど回ってみて「一番有名なところがいいね」ってことで、最初のラウンドで大手のJAFCOさんに出資をお願いしたところ、それが見事に決まって資金調達が完了していた。

そんな「こっそり取締役」を密かにやっていたので、僕が１ヶ月間フルコミットでタダで手伝うというのは、COOL社的にも「おー、ぜひぜひ」という感じで渡りに船だった。COOL社はまだ社員ゼロなスタートアップ企業だった。葛飾区亀有から北区田端への引っ越し業務やら、雑用をいくつか手伝ったりした。この僕の１ヶ月ワンポイントリリーフ的なお手伝いからまもなく、おかめ鬼とKくんとのハザマに挟まれることになるのだが……。

＊＊＊

１ヶ月経つと、予定通りおかめ鬼上司から「明日からソフトバンク本社に来い」と徴兵令みたいなメールが来た。

日本橋箱崎町にあるオフィスビルの最寄り駅は当時の半蔵門線の終点である水天宮前で、東京の地下鉄駅とは思えないほどに閑散とした駅だった。乗り降りする人は何となく冴えないサラリーマンばかりな印象だった。地下鉄から地上にあがると、真上に首都高速が通っていて空が覆い隠されていた。太陽の光が遮られていて常に日陰で陰鬱な雰囲気だった。その曇天な雰囲気の漂う駅のすぐそばに、20階建てほどのソフトバンク本社ビルがあった。

いつも白いワイシャツしか着ない20代サラリーマンが「金曜日だけはカラーシャツOK」ってときに着る薄い青色のワイシャツ。そんな薄い青色をしたビルだった。

「なんだこの色のビル。クッソ、ださいビルだなー。西新宿、お台場、渋谷で働いてきたオレがこんなところで働くのかよ〜。あーあ、社会人史上最悪な場所かもなー」

新卒入社した「イマジニア」は西新宿の第一生命ビル。薄いオレンジ色で豪華さはなかったものの、隣にホテルセンチュリー・ハイアットがあり、都庁もそばにあって王道感があった。「ＪＳｋｙＢ」のお台場の青海フロンティアビル。ビル自体はフジテレビ本社やテレコムセンターと比べると質素だったが、開発途上な「お台場」の空気感はいいベンチャー感があった。「スカパー」のときは、渋谷の東邦生命ビル(クロスタワー)。まだヒカリエができる前の雑踏感のある渋谷駅前にそびえ立っていて、古めかしいビルではあったが、重厚感があった。

それに比べて、この薄青ワイシャツなオフィスビルの雑居感たるや。外から見るだけでは、成長している雰囲気などは全く感じられないし、出入りしている社員たちの表情を見ても、ITやテクノロジーには疎い「タクシー運転手のオジサン」みたいな方が多く見受けられた。

その薄青ビルの5Fの一室が僕の新しい職場になった。既に3人の社員が在籍していた。

僕のスカパーからソフトバンクへの極秘転籍スキームはさらに慎重に行われて、転籍がバレないように「偽名を使え」という得意の追加無茶オーダーが入った。サラリーマンなのに偽名って……キャバ嬢じゃないんだから。おかめ鬼上司が悪ふざけで「オマエ、山田八郎でいいじゃん、ウケケケケー！　八郎か、ウケるな！」となった。

僕はなぜか「山田八郎」という偽名で仕事をさせられていた。社内で「須田」という僕の本名を使うのは禁止となり、年上社員からは「八郎」「はっちゃん」などと呼ばれていた。自分の本名と1ミリも共通点がなく全くピンとこない名前だった。おかめ鬼上司からは「すだぁー」と言われていたのが「おい、八郎！」と言われるようになった。

スカパー時代は二人の鬼上司に詰められてヒイヒイ言っていたが、この箱崎デジタルクラブ社はそれ以上にハードワークを強いられた。朝から晩までずっとPCの前に張り付き、しかめっ面をしながら、キーボードを叩いていた。月末月初は必ず会社に何泊かしなければならなかった。オフィスの床に寝るとダニに刺されてしまうので、商品であるスカパーチューナーの梱包に使っていた段ボールを敷布団にして寝ていた。

あまりに忙しすぎて猫の手も借りたかったので、前職イマジニア時代の部下、ホリウチくんを誘って入社させた。僕と同様、社長秘書で使いパシリをしていただけで、ビジネスマンとしては使い物にならず、まさに「借りてきた猫」だった。小柄でずんぐりむっくりしていて髪型に特徴があり、マッシュルームのようなキノコカットが特徴だった。田舎の皇太子みたいな顔つきで、勇者ヨシヒコシリーズの仏様（佐藤二朗）に似た、吉田戦車の漫画に出てくるような、僕と同じ田舎モノ感のあるオトコだった。

一見要領が悪そうに見えるが、高校時代には京大模試の国語で全国一位をとったらしく、国語力や文章読解力に定評があり、その才能を活かしてイマジニア秘書時代はひたすら「お礼状」を書かされていた。

ただ、ベンチャー企業の経営企画部門となると仕事はエクセルワークが多く、不慣れなホリウチくんは自分が抱えていた仕事の2%ぐらいを渡しただけだったが、すぐに帰れなくなった。いつも隣で深夜まで働いていた。とにかく毎日毎日終わらなかった。

僕は深夜3時頃になると疲れて、後ろの壁に立てかけていた段ボールを床に敷いて、「ホリウチくん、ゴメン。眠いから先に寝るわ」と言って寝てしまう。

ホリウチくんは仕事が終わらず、段ボールに寝る上司の隣で、「ぺち、ぺち、ぺち……」などとパソコンのキーボードを遅々としていつまでも叩いていた。僕が段ボールで寝ているその間に、ホリウチくんは、

「こんな職場に転職するんじゃなかった……」

と社会人3年目にしてひとり男泣きをしていたらしかった。山梨県の進学校を卒業し、都内の有名私立大学を卒業し、新卒でベンチャー企業に入り、スキルアップのために転職してこの日本橋の雑居ビルに飛び込んでみたものの、段ボールで寝る上司(僕)の隣でいつまでも終わらないパソコンぺちぺちを深夜3時になってやっている。

「ああ、オレの人生たるや……。どこで間違ったか……新卒で内定が出ていた出版社にいくべきだったのだろうか」

などと悶々としたのだろうか。
隣の段ボール男（僕）のいびきを聞きながら、ひとり、嗚咽《おえつ》していたそうだ。

「借りてきた猫」だったホリウチくんも、大量の仕事の波に揉まれていった。僕と同様におかめ鬼からも直接叱責を受けるようになった。

僕はここで初めて、自分と同じような仕打ちを受ける人間の病理を客観視できるようになった。ホリウチくんはリアルに顔が歪んでいった。ビートたけしさんが交通事故を起こしたときの記者会見が思い出される顔の歪みだった。

心身ともに厳しい日々を過ごすと顔が歪んでくる、なんてことは学校では教えてくれなかった。朝から晩まで苦悶の表情がスタンダードになるので、表情が歪む。気が休まるのはランチタイムだけで、近くの蕎麦屋でのランチが僕らのオアシスであり、慰め合う場所だった。

歪んだ顔の持ち主たちは笑うことができなくなる。少しでも笑いを入れていかないと、顔が崩れてしまいそうになる。僕ら現場の戦友たちは、鬼上司が帰って深夜残業すると、オフィス内で皆爆笑モードになる。取引先とのトンデモ事例や会食でのすったもんだなどを、すべらない話のネタとして披露していた。

これは恐らく人間の生存本能だ。定期的に笑わないと、本当に顔が歪み、心が歪み、精神が歪み、元に戻れないようだった。経営企画部門は接待もないし、普段は深夜残業ばかりで部下たちと飲みにいってリフレッシュすることもない。毎晩のように飲み屋にくり出す新橋のサラリーマンが羨ましかった。

それでも半年に一度ぐらい、奇跡的に飲みに行ける日があった。借りてきた猫のホリウチくんは、インターネットで安くて美味しいお店を探すのは得意だったようで、すぐに日本橋浜町という会社からは徒歩15分ほどの「中央区の過疎地」に大きな赤ちょうちんの店を見つけてきた。

小柄な50代おじさんがマスター。ガッチリした体格でレスリングかラグビー経験者だろうか。カウンター5席、テーブル席2つ。ゆりかもめで通勤していたときに、仕事に忙殺されて味わうことのできなかった新橋の居酒屋、夢のサラリーマンの聖地、吉田類が絶賛しそうな店構え。僕は二等兵アリ時代を卒業して、ようやく、こんな渋い店で煮込みとホッピーを堪能するサラリーマンになれた、と思った。普通のサラリーマンにすらなれなかった自分が掴んだ小さな夢の一つが、この赤ちょうちんだった。

マスターの「徳さん」が作る煮込みは絶品だった。月島、北千住、森下という下町にある名店たちの「東京三大煮込み」よりも、味噌が濃厚でクセになる味だった。焼きそばも絶品で、神保町の名店「みかさ」がまだなかった時代なので、東京で一番美味かったのではないかと錯覚するほどだった。僕らは粋なツマミに舌鼓をうちながら、お互いの傷を舐め合いながら、ホッピーを飲み干すのであった。

「まぶたの下が痙攣《けいれん》しない？　ピクピクピクってさ。これ止まんねーんだよ」（須田）
「あー、分かりますー！　それ定期的に来ますよね」（部下シンドウ）
「鬼に詰められすぎて、嫌な汗をかくようになり、最近、体臭がやけに臭くなりました」（部下ホリウチ）
「いやー、ボクなんて、最近顔面神経麻痺になりましたよ。顔の半分がうまく動かないんですよ！　ワハハハハ！」（部下シンドウ）
「ボクは実は言えなかったんですけど……須田さんが段ボールで寝てた頃、血尿が出てました……」（部下ホリウチ）

日本橋浜町の赤ちょうちんは、追い詰められた社畜な僕たちが求める心のオアシスであった。

＊＊＊

社員10人足らずの頃は、まだ会社というよりも学生サークルノリで、みな不眠不休で働いていた。深夜によく電話をかけてくるのが、主要株主でもあり営業代理店の「光通信」という会社だった。今も健在な伝説の営業会社であり、25歳の「統括部長」なる肩書きの人が事業責任者として仕切っていた。目がギラギラしていて歌舞伎町の客引きみたいな雰囲気を醸し出していた。

毎日、毎日、毎日、何回も、何回も、何回も、電話がかかってきた。強烈な光通信カルチャーは小規模スタートアップな僕らデジタルクラブ社にも影響を及ぼした。

「ゾス」

池袋にある光通信さんと商談すると、上司部下の間の会話でよく聞こえてくるワードだった。部下が上司に向かって、

「ゾス!!」

と言っていた。

「ゾス」とは挨拶だった。

ゾスは「おはようございます」「ありがとうございます」「了解しました」「承知しました」などを全て含んだ2文字であり、チンパンジーでも使える単語だった。僕らデジタルクラブ社でも公用語となり、社内流行語大賞をとるぐらい多用されるようになった。

また「ゾス」は言い訳や質問を許さないものであり、上司から指示を受けたら「ゾス！」といって、すぐに実行に移さなければならなかった。社会人になって外資系コンサルの上司からは「シックスシグマ」だの「ペネトレーション」だの「チャーンレート」だの「バリュエーション」だのいろんなカタカタ用語を教えてもらったけど、「ゾス」というカタカナ言葉は端的で斬新だった。

ただし、このゾスはこの会社に在籍してた正味3年間しか使われない「ビジネス用語」だった。


デジタルクラブ社の業績は良かったはずだけど、社内は常にピリピリしていた。午前11時ぐらいに前日の酒が残ったおかめ鬼上司が不機嫌そうに出社してくる。その瞬間から社内に「ピーン」とした空気が張り詰める。おかめ鬼上司が太い眉毛を吊り上げながら、しかめっ面でパソコンを睨む。しばらくすると、

「すだァー!!（もしくは八郎ゥ!!）」「もりぃー!!」「だいしんー!!」

などと、マネージャー陣の名前を怒鳴り、呼びつける。

呼ばれたマネージャーたちは「ひぃぃ」と小作人のような小声を漏らしながら上司の席に近づき、直立不動で叱咤《しった》を受ける。そのマネージャーの部下にあたる人たちは、怒られる上司を見ないように仕事し、怒鳴られている声だけが聞こえてくる。それが典型的な午前中の風景だ。

さらにピリピリするのが「会議」である。毎週、マネージャー以上での幹部会議をやるようになった。おかめ鬼上司は会議中に怒りながらバンバンと机を叩いた。僕は社会人人生の初期にこの光景をよく見ていたので、オトナになったら「机は叩くもの」と思っていたが、その後、このような生態は見ていないのでその認識は間違っていた。

とにかく、両手で怒りながら「バンバン」叩いていた。

「お前ら！　何やってんだよ！」

「これ、仕事かよ！」

「あ？　こんなんで数字なのかよ？　数字の意味分かってんのかよ？」

動きとしてはゴリラとかに近いもので、椅子に座ったまま両手を肩ぐらいの高さまであげて、「バンバン」と大体2回ほど叩くのが基本だった。机を叩くたびに、机の上の紙の資料がフワッと2ミリほど宙に浮いたり浮かなかったりした。

僕は他のマネージャー陣と比べると「怒られのプロ」として一日の長があった。前職のスカパー時代からそのゴリラ的な動きを繰り出す鬼上司の洗礼を受けているので、マネージャー同期よりも1年半ほど先行していた。「プロの怒られーヤー」だった。

と同時に、僕はホリウチ、シンドウという二人の部下を仕入れていて、その部下たちを直接おかめ鬼上司に「御代官さま、どうぞ、直接かわいがってくださいませ」と生《いけ》贄《にえ》として献上していたので、直接の被害がいい具合に減っていた。文章企画系(契約書、ビジネス文書、ワード)は「ホリウチくん」、数値分析系(事業計画、予実分析、顧客データ管理、エクセル)は「シンドウくん」に引き継いだ。

なので、オフィス内で鬼上司に「すだァー!!(もしくは八郎ゥ!!)」と呼び出されるのも、徐々に「ホリウチー!!」「シンドウー!!」に変化した。僕はその怒号を聞きながら、鬼上司の視野に僕の姿が入らないように、首をかがめてパソコンのディスプレイにそーっと隠れるような、草食動物のような動きを覚えた。

このときの、ごくごく自然に、あたかも作業中にパソコンのディスプレイを覗き込むようにして、「そーっ」と音を立てずに上司の視界から顔を隠すという動きが、このピリピリムードの社内生態系において、とっても重要な行動だった。自然界における草食動物や昆虫のような、宿敵に見つからないように、木の枝に同化するナナフシのような。僕はこのガラパゴス諸島ともいえる「ピリピリ諸島」において、独自の進化を遂げるのである。その動きはしなやかかつ自然だった。「能」や「歌舞伎」の世界に近かったかもしれない動き。

能の舞をする擬態虫としての午前中をやり過ごした後、怒られた部下2名と、座席数6席ほどしかない食べログのレビューが3.1ほどの評価しかない蕎麦屋に入る。

「なんて怒られた？　ま、ドンマイドンマイ。今日は鬼の機嫌が悪いみたいだ。午後は気を取り直していこう」

威厳のない、昆虫クラスの弱者動物上司（僕）からの労《ねぎら》い言葉。肉食動物からの逃げ方を教えるだけの上司だった。

この店の机の上には食べ放題の「うずらの卵」がいつも置いてあった。弱い生き物が少しでも栄養を補給するように、いつもうずらの卵を5個ほど割って、そばにかけて食べた。一般的な動物（人間）は2個ぐらいしか食べないものを、僕らは食べ放題だからといって5個ぐらい食べた。

そんな鬼の元でサヴァイヴした僕らは、徐々に弱者昆虫的な進化を独自に学び始め、怒られることが徐々に減った。一方でマネージャー会議で鬼からの集中砲火を浴びるのはいつも「営業部門」になった。

「この数字分かってんのかよ！　こんなんじゃ上場なんてデキネーんだよ!!」

社内では「ゾス」に続いて、「ゲキヅメ」というワードも流行語大賞をとりそうだった。これも池袋大陸から伝わってきた言葉であり、とにかく数値結果が出ていない人間に対して、徹底的に「激しく詰める」の略語としての「ゲキヅメ」である。このビジネス用語もその後の社会人人生では使われることはなかった。

鬼上司からマネージャーに「ゲキヅメ」が行われ、マネージャーから関係先企業への「ゲキヅメ」が行われた。営業代理店の光通信さんだけでなく、コールセンターのもしもしホットラインさんやアンテナ設置業者のシャープ系列企業、倉庫会社や物流システム会社、印刷会社などあらゆる取引先にその怒りや焦りが「ゲキヅメ波」のように伝播《でんぱ》していった。

業を煮やした鬼上司は、僕がディスプレイに隠れていたのを目ざとく見つけて、水草に隠れていたフナの稚魚に噛み付くタガメのような目つきで、

「何か、お前最近だいぶヒマになってねーか？　ちょっとお前も営業手伝えや。違う営業チャネルを作ろうや」

と、まるで悪代官が「いっちょ、儲けましょうや」みたいな口調で囁いた。

僕は営業企画として光通信に次ぐ強力な販売パートナーを見つけなければならなかった。「訪問販売」「ダイレクトセールス」などで検索してリストアップし、企業規模や社歴などで評価して上位からアタックしようという話になった。栄養食品「ミキプルーン」販売の三基商事や清掃用具レンタルのダスキンなどが候補に挙がっていた。

その中でも圧倒的に販売力がありそうな会社があった。化粧品やら家庭用品のダイレクトマーケティングをやっている「A」という外資系企業だった。人の口コミで販売するようで、個人個人が営業マンになっているようで、普通の主婦みたいな人が稼いでいるようだった。ネットワークビジネスとか言われていた。

担当窓口のアンドウさんという方は、僕より一回り上のアラフォー世代で『トイ・ス

トーリー』に出てくるカウボーイの主人公みたいなルックスで、ハーフなのか目の色がやや透き通っていて、短髪ヘアに若干白髪が混じり始めていた。外資系企業を渡り歩いているようで、会話の節々に英語が混じってくる方だった。

オフィスに行くと外国人がたくさんいて、まるで海外旅行に来た感じだった。アンドウさんの「うちはこのビジネスにインベストしますすよ。須田さんエグゼキュートおねがいしますヨ！　アーユーオーケー？」という前のめりな姿勢により、とんとん拍子に話は進み、営業代理店として契約しただけでなく、スカパー内で「Aチャンネル」という放送局も持つことになった。

アンドウさんは「うちのディストリビューターは無茶苦茶売りますよ。須田さんの常識では分からないと思いますよ」と言っていた。僕は元スカパーの経営企画で委託放送事業者の放送開始手続きなどにも多少精通していたので、スカパー側とも調整し、無事、放送と営業がスタートできることになった。

「東京ドームでうちのイベントやるんで、そこでもデジタルクラブのブースを出して売りましょう。そこにはトップディストリビューターが来るので、彼のCDをつけて売りましょう。そのイベントにはモーニング娘も歌いにくるので、須田さんも手伝ってくださいYO！」

僕はモーニング娘の安倍なつみと矢口真里見たさにイベントの販売要員として手伝った。デジタルクラブのブースは長テーブルにパイプ椅子5席、テーブルの上に申込用紙を置いただけの簡素なものだったが、１００人ぐらいの長蛇の列ができて飛ぶように売れた。

A社は光通信に次ぐ、2番手代理店となった。ただし、光通信さんとはまだ10倍ぐらいの差はあり、「営業数値が足りない問題」を解決できるほどではなかった。

「ピリピリ諸島」で追い詰められた営業マネージャーたちは、尻に火がつき「もう俺らが自分たちで売るしかない！」という終戦間際の日本陸軍のようだった。女子供を集めて「竹槍で倒す！」と演習するかのように、社員総出で土日に出社して、会議室に申込書を山積み用意した。自分たちの親戚知人に片っ端から電話かけて、その日のうちにアンテナとチューナーの設置工事をして申込書を回収するという「竹槍スクランブル営業」だ。小さな数字の積み上げは焼け石に水であり、狂気の沙汰であったかもしれないが、追い込まれた僕ら昆虫社員たちは「ゾス!!」を連呼しながらやるしかなかった。

営業部門の涙ぐましい努力に並行して、僕ら経営企画部門はシコシコと株式上場準備を進めていた。クラブ会員向けにスカパーのデジタルチューナーを無料レンタルするという事業だったが、光通信さんの営業力もあって怒濤の勢いで売上／利益を上げて、上場審査基準に到達していた。

上場を控えて、少しダサい「デジタルクラブ」から、薬の錠剤みたいな「クラビット」という社名に変えた。僕が入った頃は社員5名だったけど、2年足らずで100人越えの大所帯となった。「ソフトバンク・ブロードメディア」なる中間持株会社もできて、ソフトバンクの放送事業部門をつかさどるようになり、兄弟会社ともいえるグループ会社がいくつかできた。グループ全体で日本橋箱崎町のビルのワンフロアを占めるほどになっていた。

ピリピリした雰囲気のまま、会社は無事上場した。

けれど、息つく暇もなく、上場後1ヶ月も立たずしてトラブルが発生した。

売上のほとんどを占める主要取引先の「スカパー」社より、代理店契約解除を突きつけられたのだった。原因は「無茶な営業が多すぎて顧客クレームが多すぎる」といった、「今更かよ！」のさま〜ず三村ツッコミ的なものだった。

上場直後に売上のほとんどを占める企業から契約解除されたことは、証券市場としては前代未聞のトラブルだった。

当然のことながら株価は大暴落し、株主からの電話は鳴り止まなかった。１００人そこそこの会社はまたしてもちゃぶ台をひっくり返されたように、土日返上の緊急会議を重ね、大混乱な日々を迎えることになった。

日本橋箱崎のクラビット社と渋谷のスカパー社の間を、幾度となく往復した。かつて僕が働いていたスカパー@渋谷東邦生命ビルにハードネゴをしにいく日々。まるで「社畜人生第1章」を締めくくるような、日本橋と渋谷の巡回バス状態。経営企画部門で契約書やワーディングを担当していた僕とホリウチくんは、何枚ものビジネスレターを書かされた。謝っているようで謝っていないビジネスレターだった。


この上場直後の契約解除トラブル処理でいつも通り深夜まで残業していると、大ボスの社長から電話が入った。直属のおかめ鬼上司とはやりとりが多かったが、年齢も大きく離れていた大ボス社長と個別にコミュニケーションを取る機会は少なかった。直接コミュニケーションしたのはかつて一度辞表を出したときぐらいだ。電話口で社長は最後にこうつぶやいた。

「須田ぁ。上場企業の社長ってよぉ、大変だわな、これ……。お前も将来やってみるとええぞ。ククク……」

いつもは威勢のいい大ボスだったが、だいぶ、弱気になっていて、語尾は自らを嘲笑するような自虐的なトネガワ風な口調だった。

しかし、野村證券という一流の証券会社出身であり、資本市場を知り尽くしていて、いろんな「スキーム」を検討するのが得意だった社長は、早急に支援者（ソフトバンク・ファイナンス）と話を詰めて、株主に損をさせない形で、TOB（株式公開買い付け）で株を買い取り、その後、何とか上場を維持させることに成功した。

TOBの手続きに伴い、全社員のストックオプション（SO）は放棄させられることになり、一般社員としては「上場のウマ味」は何一つ味わうことができなかった。僕自身、当時この「ストックオプション」というものはよく分かっていなくて、もらえるものはもらっとく、ぐらいの認識だった。そもそもソフトバンク社から全従業員向けに「時価総額10兆円向けのストックオプション」というものをもらっていたが、ITバブルが弾けて紙クズとなっていた。「ヤルヤル詐欺」ぐらいにしか思っていなかった。

SO放棄に伴い、僕の部下であったホリウチくんは大ボスの社長に噛み付いた。単独行動で社長室に乗り込んで、半べそをかきながら何か百姓一揆をおこすぐらいの勢いだった。まるで封建時代を描いた白土三平の漫画のように。髪をかき乱したキノコ頭の小作人が役人に噛みつこうとしていた。

「我々、百姓たちが毎日頑張ってきたというのに……。あんまりだぁ。おらは納得できねぇだ。S○は放棄できねぇズラ」

「今、お前がやっていることは、俺の喉元に匕首《あいくち》を突き付けているのと同じだ。分かるな？　ホリウチ」

「燕雀安《えんじゃくいずく》んぞ鴻鵠《こうこく》の志《こころざし》を知らんや、だ。分かるな？　ホリウチ」

『史記《しき》』に載っている言葉だった。直訳すると、ツバメやスズメのような小さな鳥には、オオトリやコウノトリのような大きな鳥の志すところは理解できない。小人物には大人物の考えや志が分からない、というたとえ、らしい。

1時間後、ホリウチくんは翼の折れた小鳥のような姿で、体中に浅い傷を纏《まと》い、歪んだ表情をしながら社長室から出てきた。僕ら百姓連中は名実ともに、ピリピリ諸島における下等動物であったことが、ここに証明された。

この島を脱出しなくては、僕らは「幸せの青い鳥」にはなれない。

＊＊＊

僕は日本橋箱崎での「デジタルクラブ↓クラビット」社での社畜中に、一度、大ボスに辞表を出したことがあった。ホリウチ百姓一揆から遡ること2年前。おかめ鬼上司から拉致されて1年ほど経った頃だったろうか。

僕が「こっそり取締役」として手伝っていたKくん率いるCOOL社はその後5億の資金調達を済ませていた。社員数も30名ほどになっていた。Kくんから「いいタイミングになってるので、COOL社に本格的にジョインしてくれ」と言われたので、「友人の会社を手伝いたいので」と大ボスに辞表を出した。すぐに社長室に呼び出された。

「なぜ、お前はこんなタイミングで辞めようとするのか？　自分のやろうとしていることが分かっているのか？」

僕はドスの利いたオトナボイスに硬直した。

小動物のような僕は「少人数で仕事がキツすぎて家に帰れません……。あと友人の会社を助けたいので……」などと下を向きながらモジモジと戯言《ざれごと》を呟いた。

1時間ほど監禁された後、「これは俺が持ち帰る」と大ボスが呟いた。

すぐに人数を補充するべく、僕の部下が増員された。給料も翌月から大幅アップされた。おかめ鬼上司がＣＯＯＬ社に「引き抜くんじゃねーぞ、ゴラ」と会社に乗り込んでいった。多くの「速攻大人プレイ」が繰り広げられた。仕事のできるオトナはこういうところに抜かりがなかった。

「俺はお前のニーズに答えてやった、ゆえに、お前は辞めることはできない。お前はせめて会社が上場するまでは、決して卒業してはならんのだ」との一方通行なメールが送られ、僕の退職はあえなく却下された。

僕はこの「上場するまで卒業させない」というメールを「保存フォルダ」に約2年間保存した。

そして、無事上場し、スカパー社との契約解除トラブル処理という僕の最後の仕事を一段落させたところで、2年ぶりにその保存フォルダからこのメールを取り出した。

「おっしゃる通り、このたびは無事に上場しましたので、そろそろ卒業させて頂きたいと思います」

と勇気を出して返信をした。

恐らくタイミングも良かったのだろう。

「ま、しょうがねーな」という、まるで父親が出来の悪い放蕩息子に対して諦める表情を浮かべて承諾された。

僕は晴れて鬼に追い詰められる社畜を卒業することになった。

さようなら日本橋箱崎町。さようならソフトバンク。

怒濤のYahoo! BBプロジェクト

僕が日本橋箱崎町ソフトバンクを無事卒業する前に、とんでもないプロジェクトにアサインされていたことを忘れてはならない。

それはゾス、ゲキヅメが飛び交うピリピリ諸島の緊張感とはまた異なる過酷な労働環境だった。

それはまるで「戦場」のようだった。

デジタルクラブ社のピリピリ諸島カルチャーで不眠不休なオフィスには慣れていたが、ここはまた違った「異様な熱」を発した不夜城だった。「混乱」「焦燥」「窮地」から滲み出る、異様な熱気がオフィスに充満している。

その熱は元々一人の事業家の「情熱」から始まった。

「おい！　ＮＴＴ回線工事の件はどうなってるんや！　担当のあいつはどこいった？」（孫社長）

「休みなしの連続深夜残業により、さすがに倒れてしまって病院いってるみたいです！　携帯も繋がりません!!」（現場）

「おい！　そんなんじゃ間に合わんぞ!!　誰か代わりをアサインしろ！」（孫社長）

「顧客データベースのほうはどうなってるんだ！　２ヶ月でできると言っとったじゃんか、あのソフトバンク・テクノロジーから来たあいつはどこいった？」（孫社長）

「過労なのか、彼は昨日から出社しなくなりました！」（現場）

ベトナム戦争でゲリラ戦を戦っているようだった。現場は常にギリギリの戦いを強いられ、みな疲労困憊《こんぱい》し、負傷兵が絶えなかった。

＊＊＊

僕はソフトバンクグループの末端社員だったので、普段、孫社長に会うことはほとんどなかった。年2回ぐらいビルのエレベーターで見かけることができるぐらいだ。見かけたときは部下のホリウチくんやシンドウらに「今日、オレ、生孫《ナマソン》見たわー。すげーだろー?」と自慢するぐらいの、僕らにとっては「レアポケモン」だった。

当時のソフトバンクグループは、ソフトウェアの流通事業、出版事業から始まって、インターネット事業(主にヤフー)、金融事業を手がけていた。僕の所属していた「放送事業」がその次の5番目の中核事業に位置していたが、他の主力4事業と比べて新しくて規模も小さく、グループ内ではマイノリティ事業だった。

放送事業グループの中核企業が「デジタルクラブ社」で、ソフトバンク本社ビル5Fの一区画でスタートし、業容拡大とともに最上階近くの16階に移動してワンフロアを占めるほどに規模を拡大していた。ソフトバンクグループの中でも「収益を稼ぐ子会社」に成長し、僕らの大ボスはソフトバンク子会社CEOで参加する「CEO会議」にも参加するなど、グループ内での存在感もこれから出していこうという野心満々な雰囲気だった。

本流とする「インターネット事業」の中心だったヤフーは日本橋箱崎町を離れてオ

シャレな表参道に独立していた。CFOとして右腕だったK尾さん率いる「金融事業」も神田方面に引っ越していた。本社ビルの17階のすぐ下のポジションをとれた「放送事業」は、一つ上の階に「参勤交代」がしやすくなり、足繁く一つ上の階へと「17階の孫社長詣《もうで》」をするようになっていた。

それにしても「17階詣」の頻度が多すぎる。深夜に17階から降りてくる経営陣の顔色も悪い。ただただご機嫌取りに行っている雰囲気ではなかった。

「どうも怪しいな。デジタルクラブ社の上場の話だけじゃないぞ。グループ全体でドデカイ新規事業を検討しているっぽいぞこれは」

徐々にその怪しい深夜会議の資料作成仕事が回ってきて、プロジェクトの概要が明らかになってきた。それは「ＡＤＳＬ」という新たな通信規格を使って通信事業を始めるということであった。僕は気がつくと、その極秘プロジェクトの強い「渦」にズルズルと巻き込まれてしまった。日中は16階で本業に従事し、夜になったら17階にあがって深夜までのエンドレス会議に同席した。同ビル内でのダブルワーク状態になった。

僕はイマジニア、スカパー、デジタルクラブと3社経験していて、秘書や経営企画という職種だったので多くの経営会議には参加していたけれど、今やニッポンを代表するトップ起業家の「孫正義」が参加する会議に参加できることになったのにはとても心がときめいた。

初体験の処女のような心持ちの27歳男子の僕であったが、その期待はそうそうに裏切られた。

社長室は大きなリビングルームほどの広さで、社長の座席の前に15人ほどで議論ができそうな円卓があった。その近くにはランニングマシーンやらゴルフのパターみたいなものも置いてあった。会議はいつもエンドレスだった。3時間でも4時間でもぶっ続けだった。また、会議の延長戦は当たり前で、その後の予定は一切入れられない状態になった。

何でそんなに会議に時間が取られるのかというと、今では考えられないけれど、ソフトバンク社は通信事業については全くのド素人だったからだ。「通信事業」というものを誰も分かっていなくて、分かっていない人たちで分かっていないことを話しているので、全員が物事をちゃんと理解するのに時間がかかっていた。会議に駆り出されている各社の社長もみな、「通信」の素人であり、何となく自分の見解を言ってるような、言ってないような、孫さんのご機嫌だけをとっているような、そんな雰囲気だった。

ラーメン屋さんが「冷やし中華始めました」みたいな感覚で「ＡＤＳＬ通信事業始めました」なんてできるものではないのは明らかだ。

会議の中で「通信のプロ」としてアサインされていた数少ない人が「筒井さん」「平宮さん」という方だった。

年齢は50代近くだろうか。二人の共通点は髪の毛がいつもボサボサしていて、手垢がついたようなメガネをかけていて、スーツだか作業着だか分からないようなものを着ていた。ＴＯＫＹＯのサラリーマン界隈では見かけることのないオジサン。僕の地元の茨城県牛久市ではよく見かけるような「オジサン」だった。「ハイライト」とか「エコー」というタバコを吸っていて、ポケットに手を突っ込んでサンダルで商店街をフラフラして、昼間からワンカップでも買おうかとしている地元のオジサンに似ていた。

最初は「このＡＤＳＬっていう通信規格はホントに大丈夫？」というのをひたすら検証するような会議だった。参加者は10人程度で、孫さん、社長室長三木さん、孫さんのブレーン2名、通信技術者の筒井さん、平宮さんと僕ら16階の放送事業経営幹部3名が主だった。

まずは技術検証をするために機器購入を進め、BBテクノロジーという新会社を作った。僕はその会社の名刺も持つことになった。事業準備は主に技術者の筒井さん、平宮さんが進めることになった。

定例会議はいつも「孫 vs. 筒井&平宮」というプロレスだった。昭和の往年のプロレスだった。「猪木 vs. ブッチャー&タイガー・ジェット・シン」みたいな感じだった。

「なんだこのやろー。全然進んでないじゃんかこのやろー。ホンキでやれやこのやろー」(猪木:孫さん)

「キィーー! 君たちにはどうせ通信は分からんのだろうじゃー。君たちの事業計画なんて、『かゆいかゆい』って言いながら、靴の上から足をカイてるんだけじゃー」(ブッチャー:筒井さん)

「そうやそうや! お前らはなーんも分かっとらん!!」(シン:平宮さん)

「ソフトバンクの経営会議はまるで動物園のようだ」という記事を最近読んだときは、とても懐かしい感じがした。そう、動物園であり、プロレスであり、格闘技だった。

当時は「これが一部上場企業の新規事業の会議かよ……」などと心の中では嘆いていたけれど、今考えると「スーパーエンターテインメントショー」であり、観覧チケット2万円ぐらいでもいい気がする。ただ、実際に中で火中の栗を拾っていると、そんな余裕は全くなく、楽しむことはできない。

BBテクノロジーは、ソフトバンク本社ビル近くに雑居ビルを借りて、そこでひたすら技術検証をするようになった。5名ほどしか入れない小さな部屋に、ラックやら通信機器がバラバラと無造作に転がっていて、冴えない大学の研究室みたいなところだった。

僕はその雑居ビルのほうにも出入りしなくてはならなくなった。徐々に社長室でのエンドレス会議とBBテクノロジーの雑居ビルを行き来するだけで一日が終わり、本業の「デジタルクラブ」社には戻れなくなった。

BBテクノロジーオフィスはホワイトカラーのオフィスではなく「作業場」であり、スーツ姿より作業着が似合う筒井さんと平宮さんにとっては社長室での会議よりは働きやすそうだった。二人はしょっちゅう喧嘩していた。子供の喧嘩みたいな言い合いが多かった。口調もビジネスマンではなく、場末の大衆居酒屋で繰り広げられる「べらんめぇ口調」が多かった。筒井さんに至っては頻繁に語尾に「……でしゅよ」という「お子ちゃま言葉」が出てきて、全く理解できないものが多かった。

僕は技術検証をもとに「本当に事業が成り立つか?」という綿密なコスト計算をエクセルでやらなければならなかった。その前提条件をその動物園なのか大衆居酒屋なのか分からない場所で、お子ちゃま言葉のニュアンスを取り除きつつ、コミュニケーションの中から本当の要素を聞き出さなければならなかった。そのオジサン方はインテリ風なサラリーマンが大嫌いなご様子で、ノートパソコンを持ち歩いてエクセル計算とかも大嫌いだった。

「おい、そこの若者! そんな計算なんか、計算機でやっとればええねん。そんなことよりもお前はこの佐川急便の伝票貼りをやらんかい!」

などと、何か買ってきた電子機器の返品とかを延々とやらさたりして、事業計画を作って経営会議に出すという超重要ミッションは遅々として進まなかった。

「うーん、全然仕事が進まない……。一体、このオジサンたちはナニモノなんだ。お風呂も入ってないみたいで、加齢臭がスゴいし……」

当時、僕はお二人の略歴はよく分からず、とにかく「通信技術に精通している」としか聞いていなかった。改めて調べてみると、筒井さんは京大医学部を出て、脳外科医だったけどジョブチェンジして、脳のネットワーク設計と通信が似ているからなのか、通信分野で生計を立てていて、大学の専任講師などをやっておられるようだった。ネットで検索すると、総務省宛に激しい論調で何やら日本の通信インフラについての提言をしているような壮大なドキュメントが見つかった。

「君はじぇんじぇん分かっとらんくせに、まぁた、パソコンなどパチパチ叩いておって。まずはこのラックのネジを締めるところから始めてくだちゃい」

またしても、深夜12時すぎにラックのネジを締める作業をやらされた。

「君は通信の基本を少しは分からんとダメヨ。宿題で僕の書いた論文を読んでおいて」

と100ページぐらいの資料を渡された。

普段は「……でしゅよ」の赤ちゃん言葉なのに、論文の内容は同じ人間が書いたものとは思えず、学生時代に読んだ哲学者カントの本並みに難解さを極めており、書いてあることが難しすぎて何一つ分からなかった。

このお二人の元で事業計画を作って上程する作業は難儀を極めた。一方で連日の会議における孫さんは日に日にヒートアップしており、「とっとと事業計画を進めんかい！」と業を煮やしている状態だった。

＊＊＊

事業の先を急ぐ孫さんとのんびりと実験を進めようとする筒井さんの対立プロレス構造が続いた。焦る猪木がアリキックでの挑発を「シャー、このやろー。ナンダ、このやろー」と馬場に打ち込むものの、「ぽぅ、ぽぅ」などと全日本な受け身でダメージをかわし、挑発に乗らずにのらりくらりと受けきっているさまだった。

筒井さんと平宮さんは不眠不休で毎日同じ服を着ていた。サボっているわけではなかった。そもそも先を急いでいる孫さんのほうが無茶苦茶であった。

孫さんは一気に日本全国でこの通信企画を進めようと思っていたが、技術者の筒井さんとしては都内の限られた地域でまずはテストしたい様子だった。小さな規模でまずは自分の信じる通信規格での通信が実現するかどうかを見極める。極めて真っ当な進め方だった。

ここに事業家と研究者の進め方の乖離《かいり》があった。

孫さんにとってはこれは「研究」ではなくて「事業」なのだ。事業として腹をくくって展開してもらわなければ困る。孫さんはチマチマやらずに一気にフルスロットルで事業推進をしたくてしょうがなかった。


孫さんはある会議でこう言い始めた。

「ソフトバンクが通信事業を始めるって言っても、一般のお客さんは我々ソフトバンクのことなんて全く知らないよな。秋葉原の流通業者さんたちなら知ってるけど。一般の人たちに知れてるブランドがないとあかん。うちのグループで唯一知名度がありそうなヤフーがあるじゃんか。ヤフーを使って大々的にやろう」

のちに携帯電話ボーダフォンを大型買収する前のソフトバンク。もちろん球団も持っていないし、テレビCMもやっていないし、街にソフトバンクショップなんてなかった頃。僕らの就職活動時代だと「ソフトバンク」って言ったら、「そんな銀行はない。インチキ臭い」などと言われていた時代だ。

そんな中でインターネットが普及し始めて、「ヤフー」だけはグループ内で一般人にも知れ渡っている唯一無二のブランドだった。ソフトバンク社内で「こっそりやってる新規事業」から「本格的な新規事業」に変わっていく瞬間だった。

次の日から17階の会議にヤフーの方々が参加するようになってきた。最初は技術面の検証ということで、ヤフーの技術責任者の方々との会議がメインだった。

そこでもまた動物園のような喧嘩会議が始まった。

筒井さん、平宮さんが、表参道のインテリビルからわざわざ日本橋箱崎町のビルにいらっしゃるヤフーの技術者の方々に食って掛かるような論調を繰り広げた。協力しあえないとそもそも進まない事業なのに、幸先の悪いスタートだった。「あ、これは始めるのは難しいだろうな」と僕は思った。会議に同席されていたヤフーの井上社長もドン引き気味で徐々にフェイドアウトしようという感じが見られた。

ヤフーの方も出入りするようになり、昔から孫さんと働いていた古参ソフトバンク社員の方々にも話を聞くにつれて、みな口にしていたことがあった。

「あー、孫さん、また始まってるよこれ。まあ、途中で沈静化するんじゃないかな」

ソフトバンクはそれまでたくさんの新規事業立ち上げをしており、そのほとんどを潰していたらしい。古参社員からしてみたら「ソフトバンクあるある」の一つであった。

ただ、日が経つにつれ、今回のプロジェクトはその「ソフトバンクあるある」に該当しない、異様な執着心を持っているように思えた。どう考えても実現可能性が低いのに、それが分かれば分かるほど、前のめりな事業推進の大号令が出るようになった。

そもそも「やったことのない通信事業」なのだから、まずは小さい地域「都内の中央区近辺でトライアルをしよう」というのが普通だろう。現場としては、繋がるかどうか分からないような技術規格で進めていたし、通信に必要なインフラもよく分からず韓国製の安いものを買ってトライアルを進めていた。

孫さんはこのチマチマ小さくテストするという方針がとにかくキライだった。

「オマエら、韓国のモデム業者とのやりとりはどうなっとるんだ？」（孫）

「業者に催促しとるんですが、なかなか来ないんですよ」（平宮）

「オマエら、ホンキなのが伝わってないんじゃないか？　ちょっと、ワシに電話を繋げ！」（孫）

そう言って、円卓会議中に円卓の中心においてあるヒトデ型の電話会議を使って、先方業者との電話を繋げた。

「おい、今すぐモデムを送ってくれよ。１００万台発注するから、今すぐ送ってくれ。

明日の飛行機で、100万台送ってくれ!」(孫)

ヒャクダイではなく、ヒャクマンダイ。

正確に「100万台」を連呼していた。1台1万円の原価がかかるとしたら100億円だ。円卓会議に参加していた僕らはみな凍りついた。

ヒトデが中心の円卓会議で、毎日毎日、朝から晩までエンドレスな会議が続いた。技術的な検証の議論から、ビジネスプランの詳細、価格はいくらにするのか、原価はいくらかかるのか、どの機材を買うのか、どのビジネスパートナーを選定するのか。ビジネスパートナーの選定については、通信インフラ業者、コールセンター、人材業者などあらゆる業者に、またしても孫さんが自ら会議中にヒトデ電話を繋いで「大至急、明日来てください」と言って箱崎のビルに呼びつけていた。

孫さんのアイデアはいつも唐突だった。

「うーん、100万台かー。家庭内に通信に必要なモデムを100万台配らんとあかんなー。モデムって家で付けるの難しいよな、おじいさんおばあさんじゃ付けられないから設置部隊が必要になるな」

「100万人の設置部隊を用意しないとなー。しかも全国に。あ、パソナの南部さんのところは人を沢山登録させてるって言ってたな、やってもらおう」

当時のパソナ社とは主に一般企業へ女性の事務職を派遣するビジネスをしていた。登録者がたくさんいるといっても電気工事に強いオジサンがいるわけでない。

「パソナレディにYahoo! BBのTシャツを着せてさ、ヤフーレディがあなたの家に訪問します、でいいじゃないか」

孫さんはその場でまたしてもヒトデ電話を使って、すぐ南部さんに電話をした。

「南部ちゃん、いい事業があるんだよ。相談したいので、明日、来てくれないかな?」

翌日、南部さんはいらっしゃらなかったものの、担当役員COO含め、パソナ社の新規事業の精鋭8人が来社された。その日をキッカケにパソナさんはYahoo! BB事業に巻き込まれ、全くやったことのない「個人宅へのモデム設置業務」を請け負うことになった。

結局は既存の登録派遣社員で「ヤフーレディ」を展開するのは実現が難しく、パソナさんがゼロからバイト募集の求人を出すことになった。老若男女、性別年齢バラバラな人員が30人ほど集められて、雑居ビルの小さな貸し会議室にて「第1回モデム設置業務バイト説明会」が行われた。

パソナさんが開いたその小さなバイト向け説明会に、孫さんはわざわざ来て、説明会の前座をつとめた。

「えー、みなさん！　この事業はニッポンにとっても、ものすごく重要な大きな事業になります！　高い志を持って、よろしくお願いします！」

普段は日雇いの工場バイトやパートのレジ打ちなどをやっているであろう参加者の方々は「あのオジサン、誰だあれ？」みたいな顔でキョトンとしていた。定時制高校の授業で熱血先生が一人で熱く教育を語っているような、昭和のドラマのようなシュールな空間だった。

＊＊＊

僕の直属の上司だったおかめ鬼上司は、徐々にこのYahoo! BBプロジェクトからはフェイドアウト気味になっていた。本業の「クラビット社」の上場準備が優先事項になっていた。あるとき、おかめ鬼上司から相談を受けた。

「須田。この事業って多分すげー大変なことになるわ。ソフトバンク社自体にとっても大変。全然お金が足りないぞこれ。孫さんの個人資産とか突っ込まないとダメだろうな。ホントやばいと思う。どうやったらこのプロジェクト止められるだろうか？」

おかめ鬼上司は得意の計算能力によって、「この事業は成り立たない。しかも甚大な損失が出る」との解を出していた。ソフトバンクグループの虎の子であったヤフー社のブランド価値も下がってしまうと。なので、ソフトバンク全体のことを考えると、止めるべきだと。

僕はこのプロジェクトに関わってきた激動かつ濃密な時間を丁寧に思い出しながら、円卓会議での動物園風景を思い出しながら、ソリューション（解決案）を出せないか熟考した。それまで仕事ではほとんど自分では考えず、指示されたことをやるだけのタイプだったので、仕事で初めて「自分で真剣に」ソリューションを考えた。ここ数年、おかめ鬼上司にさんざん鍛えられたお礼も兼ねて渾身のソリューションを出すように。脳がちぎれるほど考えた。

僕はもう「これしかない」という会心の一撃ソリューションを編み出した。

孫さんは会議中ずっとしゃべりっぱなしで、尋常ではないエネルギーだった。僕が20代で15歳ほどの年の差だったが、このエネルギー差は異常だった。孫さんはぶっ通しの会議中に、いつも、秘書から錠剤の薬とスポイトでハチミツのようなプロポリスのようなものを、毎日毎日飲んでいた。

「あの、プロポリスが絶対に怪しいですよ！　普通の人がずっとあんなにテンション高くいられるわけがないです。あのプロポリス、スポイトを止めれば、このプロジェクトを止められるんじゃないでしょうか」

これは女性秘書が毎日毎日出しているもので、あのスポイトの中身を普通のハチミツか何かにすり替えてしまえば、毎日テンション高くなることは収まり、もう少し冷静な感情になって「ちょっと、この通信事業って思ったより難しいな。慎重にやろう」という判断になるのではないだろうか。

僕はおかめ鬼上司にこっそりと助言した。おかめ鬼上司は女性秘書とも仲良かったので、うまくことが進めば、ソフトバンク社を救えるかもしれない。

ミステリー小説の主人公になったような気分だった。

しかし、僕のプランは箸にも棒にもかからず却下されたようで、「ソフトバンク・ファイナンス社のK尾さんに止めてもらう」という作戦に変更された。「プロポリスを止めろ！」というウルトラマンセブン第25話のタイトルで途中まで資料を作っていたのに、K尾さんへの状況報告資料に変わってしまった。数日後にその資料をベースに孫・K尾会談が行われたようだが、

「さすがは孫さん、志が高い。やったらええやん」（K尾さん）

というコメントだったようで「プロポリスを止めろ！」は未遂のまま歴史の藻屑《もくず》と消えた。

＊＊＊

億単位の投資をバンバン社長決済で決行してしまうため、「さすがに取締役会に上程したほうがいいのでは」という雰囲気になり、ソフトバンクの取締役会に諮るための事業計画を作ることになった。

僕は筒井さんと平宮さんに「ラックのネジを締めなさい」などと下っ端社員として雑務にコキ使われつつ、ソフトバンク取締役会用の事業計画エクセルをシコシコと作らされた。

事業計画の作成は難儀を極めた。何も決まってないし、何も全貌が分からない。どれぐらいコストが掛かるかもよく分からない。特に売上計画のキモとなる「価格設定」については、取締役会前日に孫さんとのワンオンワン指示でエクセルをいじるような始末だった。

「ユーザーへの月額料金は2000円を切りたい。1980円とかにしよう」(孫)

「社長、それだとこの電気代の変動費とかが不確定な中、リスクが高いです。逆ザヤになるかもしれません。モデムのレンタル代などを外出し価格にして、通信料の見栄えは2000円以下にしても、トータルでは2500円ぐらいにはしないと」(僕)

当時、競合の価格は月額3000円前後だったかと思う。それを1980円にしてインパクトを出したいところなのは分かるが、とにかく、現状の計算は雑すぎる。エクセル上ではジャンジャンバリバリの赤字だった。

何とか月額の料金は少し上げたものの、次は初期の設置料金である。

「100万台を無料で配ろう。設置料金も無料だ！」（孫）
「社長、その瞬間に数十億の赤字になっちゃいます」（僕）
こんなやり取りが取締役会の前夜、というか既に日付は越えてしまい、当日であったと記憶する。
そんな直前ギリギリの深夜にもかかわらず、まだやり取りは続く。
「お前、さっき月額料金のほうは妥協してやったじゃんか！　こっちの初期料金のほうは、ワシの意見を使わんかい！」（孫）
「……」（僕）
一夜漬けのような作業でとにかく時間がなかったので、何となくそれっぽいエクセルにて役員会に上がったと記憶している。エクセルを作っていても事業は進まないので、すぐにまた別の実務に取り掛からなければならなかった。

＊＊＊

当初このプロジェクトにフルコミットしているのは技術者の二人と社長室長の三木さん含め5人足らずだったので、圧倒的に人が足りなくなった。ソフトバンクグループ内から人をかき集めることになった。

ソフトバンクグループには「流通事業」「出版事業」「金融事業」「インターネット事業」「放送事業」の5事業があった。孫社長は各事業ユニットの社長に向けて「『Yahoo! BB』という壮大な通信事業をやるから、人をよこしなさい」という「人材よこせの大号令」を発砲した。

いきなりの無茶振り人事で、各事業の社長や人事責任者の方々は鳩が豆鉄砲を食ったようになっていたと想像されるが、とにもかくにも「本陣からの大号令」なので人を送り込まなければならない。大号令から数日後に各社から合計20人ぐらい送り込まれてきた。

箱崎本社ビルにはこの人数を収容できないため、近くのボロい雑居ビルを急遽借りて、その20人はそこに詰め込まれた。この20人が集まった日にも孫さんは「第1回モデム設置バイト説明会」のときと同じように、全員を集めて演説を繰り広げた。創業当時にたった2名のアルバイトに「ソフトバンクは1兆、2兆と数えてビジネスをやる会社になる」とみかん箱の上で豪語したという有名なエピソードのように。

「この事業はソフトバンクの中核を担う大事業である！ 心して取り組んで欲しい！」

聴衆はみな「借りてきた猫」みたいな表情をして、キョトンとしていた。

元々の初期メンバーも通信のツの字も知らない人ばかりだったが、このたび各社から集められた人もさらに輪をかけて、通信や事業のことを全く知らない素人ばかりだった。ファンド組成をやってました、総務部長やってました、最近ソフトバンクに転職してきました、etc.

組織は孫さんをトップとして、オペレーション、技術、営業、経営管理のユニットに分かれた。僕は経営管理とオペレーション部門に携わっていが、事業計画の役員会承認を済ませたので、オペレーション部門の立ち上げに注力することになった。オペレーション部門とは、お客様がYahoo! BBに加入申し込みしてから、個人宅にモデムを設置し、通信環境を整えて回線を接続し、お客様から課金をし、カスタマーセンターを構築してお客様からの問い合わせを全て処理するという、ほぼ「事業の全て」に近かった。

僕自身もそもそも「借りてきた猫」としてプロジェクトに放り込まれた。それはまるで、動物園のケージの中に1匹の猫として放り込まれ、猛獣や珍獣たちに囲まれて、侃々諤々《かんかんがくがく》、不眠不休、死屍累々、戦々恐々、阿鼻叫喚と巻き込まれた感じだ。そんな珍獣動物園のケージの中に、新人の「借りてきた猫」が入所してきた。僕はセンパイ猫として新入り猫たちに本動物園での過ごし方を教え、仕事を割り振りしなければならなかった。

まだ27歳で部下のマネジメント経験も少ない（ホリウチ、シンドウの2名のみ）ベンチャー社畜の僕に、いきなり10匹の借りてきた猫が部下としてアサインされた。みな僕より年上で30歳〜55歳。一人一人の自己紹介が始まった。

「ファンド組成ですか。じゃあ、弁護士と会話したことありますね。利用規約とか法務系のオペレーション担当してくださいにゃー」

「モバイルコンテンツやってたんですか。ま、それはさておき、パソナさんとの窓口担当をお願いしますにゃ」

「全くやったことないと思いますけど、コールセンターの立ち上げをお願いしますにゃ」

センパイ猫な僕は一秒も無駄にできないほど追い込まれていたので、自己紹介と同時に担当業務を振り分けて、

「じゃ、あとはよろしくにゃ！」

と次のエンドレス会議へ逃げるように消えていった。

借りてきた猫ちゃんたちは、業務の訳の分からなさと、前倒しされる期限と、終わらない業務量とで、その日から家に帰ることができなくなった。

毎日毎日状況が変わり、オフィスは深夜まで誰一人帰ることができず、戦場のような状態だった。数少ない初期メンバーである僕は組織のハブ的な役割で日々あっちゃこっちゃに奔走することになり、やれ夜中の11時から緊急会議だ、やれホテルオークラで著名人と会議だ、やれ大規模に発表イベントをやるだ、毎日ジェットコースターに乗っている感じだった。

そもそも、このADSL通信事業はNTTさんの設備を借りて行う事業だった。NTTに集中していた「通信事業」を民間にも広げて競走を促す政策の一環だった。なので、何を行うにしてもNTTさんに相談、書類申請をしなければならなかったのだが、元々の電電公社という体質もあってか、対応スピードが遅々としていた。少し弁護をすると、ソフトバンク側が前倒しでスピードを出しすぎだったという説もある。

あるとき、とうとう孫さんは頭にきて、

「こっちは本気でやろうとしてるんだ！　NTTさんは全然分かってないんじゃない

か‼　おい、今からNTT東日本とNTT西日本の社長宛にFAXを送るぞ！　こっちは本気なので、大至急設備の貸出手続きを始めてくれとFAXの文面を作れ！」と言った。そして「今すぐ送れ！」と厳命した。僕はざっくり文面を作って、ネットで検索してNTT本社のFAX番号を調べ、代表印を押して孫正義名にてFAXを送った。まさに「宣戦布告のFAX」だった。

日本のトップ企業の社長に宛てたテロ行為のようなFAX攻撃により、NTTの現場のほうからじゃんじゃん電話が入ってきた。一人コールセンターになってしまった。

「あー、すいません、うちの孫社長に送れって言われまして。はじめまして。今度改めてご挨拶に伺いますので、お時間頂けますでしょうか？」

数日後、現場数人でNTT社を初訪問をし、深々と頭を下げにいった。

＊＊＊

「東京めたりっく通信社」は国内で先行してADSL通信事業を行っているベンチャー企業であったが、経営的には苦戦を強いられているというウワサだった。

ある日、孫さんは日帰り出張からご機嫌よく帰ってきた。

「ウルトラC決めてきた。買収決めてきたぞ。これでノウハウ持った技術者も確保できるわ」

プロジェクトを始めてから数ヶ月ぐらいだったかと思う。デューデリジェンス（買収先の審査）も担当させられ、経営数字のチェックや役員面談なども行ったが、もう既に社長が買うことと金額も決めちゃっていたので、時間をかけずにとっとと済ませた。20億ぐらいのディールだったか忘れてしまったけど、ここにリソースを使ってられなかった。早く現場に戻らないと各地で起こっている炎上の火消しが大変で、ソッチのほうが優先順位が高かった。

炎上はほぼ毎日起こっていた。

「顧客の家でモデムのアダプタが熱で溶けてるとの報告がありました！」

初期にソフトバンクグループの社員向けのクローズドサービスをしていたときだった。あわや火事に繋がる大惨事だ。韓国の弱小メーカーに発注した初期の安物モデムだった。

「大至急回収だ！　そして業者を替えろ！」

こんな調子だった。

不眠不休の毎日が続いたため、主担当していた社員が倒れるのはザラだった。

「NTT担当が倒れてしまい、現状の進捗が確認できません！」

「顧客データシステム構築の担当が倒れました。もうしばらく出社できない模様です！」

戦場では仲間が倒れることを気にしていたら自分も殺《や》られる。人を気にしている余裕はほとんどなかった。毎日ユンケルを2本飲んで、ドーピング的にエナジー補充しないとついていけなかった。

まだユーザー向けに通信サービスを提供できるような状態ではなかったものの、対外的には「ソフトバンクが通信事業に本格参入！　その名も『Yahoo！ BB』！通信料ダントツの業界最安値！　100万人初期費用無料」と大風呂敷を広げまくっていた。

しかもヤフーにて先行予約を取り始めると、サービスのインパクトもあって、ジャンジャン予約が入ってきた。

現場としては「これはヤバイ、本当にお客さんが集まってしまった」という感覚だった。完全にルビコン川を渡った、後戻りはできない。

M&Aで傘下に入った東京めたりっく通信の方々も少しずつジョインし、スタッフが40名ぐらいになった頃だろうか。ようやく先行予約者の中から一部都心にお住まいのユーザーへのサービスを開始した。

「一般顧客宅にて、無事、通信が繋がった模様です！」

本プロジェクト始まって以来の明るい報告だった。

孫さんはものすごく上機嫌になった。

「やった！　繋がったぞ！　ほら、みんな、やっぱり繋がったぞ！」

少年のような喜び方だった。

まるで、幼稚園児が砂場で山を作ってトンネルを掘って、「やったー！　繋がったよ

〜!!」とはしゃいでいるように。

「よし！　今日はみんなで焼肉でも行くぞ!!」

30人ぐらいが水天宮前駅近くの焼肉屋「トラジ」に集められた。

「今日はめでたい！　みんな、ありがとう！　今日はワシのおごりだ!!」

久しぶりの焼肉だった。

ただ、メンバーと飲みながらもほとんど仕事の話ばかりで「早く会社に戻らないと明日からが大変だ」ってことになり、そそくさと飲み食いして、雑居ビルに戻っていった。

恐らく、孫さんだけがこの「繋がった」という事象の意味を噛み締めていたのだろう。その後、ソフトバンクは本当に通信事業者になるわけだが。今考えればこれは未来に向けた大きな一歩だった。現場のプロジェクトメンバーはそんな実感は一切なく、相変わらずのゲリラ戦場な日々は変わらなかった。

数日経っても、孫さんは上機嫌だった。ある日、トラジの焼き肉に続いて、僕らにも小さな幸福がもたらされた。再び、そのとき関わっていたスタッフ全員が会議室に招集された。

「お前ら、本当に頑張ってくれた！　ありがとう！　これはオレからのボーナスや！」と、焼肉おごりに続き、現金の入った分厚い封筒が孫さんから一人一人に手渡しで配られたのだ。

一人一人名前を呼ばれて、封筒を手渡される。まるでこれは過疎地域に生まれた小学生の卒業式か、あるいは、昭和の高度経済成長時代の中小企業にタイムスリップしたのか、白昼夢に没入してしまったようだ。封筒の中身をチラッと見ると、ゲンナマ100万円が入っていた。20代で100万円の入った封筒など手にしたことがなかったので、このまま強盗やひったくりに襲われるのではないかと危惧し、会議室を出て走って東京シティエアターミナルのATMに入金しにいった。その後、孫さん個人からのご褒美かと思ったら、給与扱いということでしっかり課税されていたことに少しガッカリした。

ソフトバンクは既に大企業になっていたのに、焼肉おごりや現金封筒手渡しなど、孫さんは中小企業の社長みたいな「現場に優しいおちゃめプレイ」を幾度となく見せてくれた。戦場でハードワークを強いられていた僕らにとって、「総大将」に憎めない感情を抱かせる好プレイだった。映画『ショーシャンクの空に』で、服役囚たちが屋根の上で過酷な労働を課せられたのちに、刑務所でビールをおごってもらい、広い空の下で瓶ビールを飲み干すシーンを思い出した。

孫さんは会議でもおちゃめプレイで、最前線で戦う僕らを和ませてくれた。

関係者10人ぐらいでビジネスプラン、数字の精査をしているときだった。

「このサーバーの電気代とか、電気会社と交渉して、もうちょい削減できるんじゃないか？」

「NTTの局舎におくラックだけどさ。もっと小さいのでイケるんじゃないか？　これで賃料削減できるんじゃないか？」

「専用線はもっと安い業者ないのか？　ワシが交渉したるわ」

予算を積み上げる現場としてはバッファを積んでおきたいのだけど、細かいところもバンバン指摘してきて、ストレッチな数字に精査されていく。すると事業計画の数字は確かに少しずついいものになってくる。そんなとき孫さんからお約束の決まり文句があった。

「ほらー。俺のほうがお前らより数字強いだろ。おれ、経済学部卒なんだからな！」

「おれ、経済学部卒だからな」が定番となり、周囲の笑いをとっていた。

既にベンチャー起業家として名を馳せていたにもかかわらず、今更大学時代のネタを出す。しかもカリフォルニア大学とか海外大学の自慢ではなく、単なる「経済学部卒」を押してくる。笑いのセンスもあった。トレンディエンジェルの「斎藤さんだぞ」みたいな切れ味だった。


また、朝9時から夕方18時まで丸一日交渉デーというのもあった。ランチタイムも弁当食いながら業者との交渉をし、1日9アポ全てに同席させられた。全ての交渉先に「えーと、では明日までにカウンター出してくださいね」と言っていた。

全ての交渉が終わった後、我々現場メンバーに、

「お前ら、オレの交渉を丸一日見られるなんて、めったにないぞ。高級なオン・ザ・ジョブ・トレーニングだぞ」

とココでも反論できないスベらないトークを繰り広げていた。

一方で心配症な一面を見せるシーンもあった。

夜中の12時まで数字系の会議をしたあと、孫さんだけタクシーで帰宅した。その直後、秘書の方から「出先の孫社長から電話です」と取り次がれた。

僕はこのプロジェクトで会議への同席など終日顔を合わせていたものの、個別に電話で話をするのは初めてだった。

「今日の事業計画の数字だけどさ、あれで大丈夫だよな？　いけるよなあれで？　大丈夫だよな？」

あれだけご自身でゴリ押ししていたところを念のため現場の僕にも同意を求めるような内容だった。

孫さんと個別で電話で話すことはなかったけど、秘書の方から携帯で呼び出されることはちょくちょくあった。金曜の夜中3時ぐらいに帰宅して、シャワー浴びて寝ていたら、5時間後の朝8時に秘書の方から電話が入った。

「孫社長が今すぐ来てくれと言っています」

急かされるように雑居ビルにいくと、ガラス張りの小さな会議室で孫さんと社長室長の三木さんが侃々諤々と何かを言い合っているようだった。孫さんは土曜の朝から憤慨していて顔を真赤にしていた。

「お前ら、そんなチンタラチンタラやってたら、このプロジェクトが全然進まんやないか！　タスク管理をやっとるのか！　やることはたくさんあるんだ！　今からタスク1000個書け！　必ずやれ！　今すぐやれ！」

「俺はホンキなんだよ！　オマエラ、分かってるのか！　ホンキでやってるのかよ？　こっちは全力でホンキなんだよ！　分かってるのか!!」

　ホワイトボードを叩き、ペンやら黒板消しやらを思いっきり投げつけた。

「人が黒板消しを投げる」というシーンを初めて現実世界で見た。学園ドラマでは見たことがある気がしたけど、リアルに見たのはこれが初めてだ。

　社長室長の三木さんは「あんなに孫社長が憤慨した姿を見たのは初めてだった。これは本気だと思った」と呟いた。

　土曜日早朝の会議室をあとにして、僕は一旦頭を冷やしながらタスク1000個を考えるべく、会社の周囲を散歩することにした。日本橋蛎殻《かきがら》町勤務になってから、会社ビルと近くの蕎麦屋「長寿庵」と居酒屋「とく」に行く以外あまり歩いたことがなかった。会社のすぐそばに隅田川が流れていたのも、日々仕事に追われすぎていてあまり認識できていなかった。

都会の中心にありながらも、隅田川はゆったりと流れていた。近くには日本IBMの本社が大きくそびえ立っている。土曜の朝は人影も少なく落ち着いた雰囲気だ。隅田川大橋はその上を通る首都高深川線が空を覆い隠していて、曇天の表情をしているようだ。夜にライトアップされている隣の永代橋や清洲橋と比べると、やや陰鬱な風情なのは否めない。

仕事の合間に隅田川を逍遥して心を落ち着かせたりしたら、もっとカンタンに激務の渦を泳いでいけたかもしれない。東京は人やビルや車が多くて、心を落ち着かせる場所が少なすぎる。隅田川のある日本橋蛎殻町は東京で激務するにはいい環境なのかもしれない。さすがソフトバンクだ。成長ベンチャー企業におけるオフィス立地の選定は重要だ。

そういえば、僕の田舎にも川があったのを思い出した。ブラックバスがよく釣れる牛久沼。そこに流れる小さな支流の「稲荷川」が故郷の川だ。

中高時代は田園風景に流れる川の価値など全く感じなかった。大学に入って東京に通いだしてから「一人になって考え事をする場所」が都会にはないことに気づく。田舎の川の畔は、誰とすれ違うこともなく、車の音も聞こえない。耳に入るのは鳥のさえずりと風の音だけだ。

就職活動で悩んでいた頃はママチャリに乗って、稲荷川を上流に向かって漕ぎ続けた。30分ほどすると周囲に一切建物がなくなり、森林と川だけの光景になる。森の入口にある小さな丘に登り、頂上で体育座りをして田んぼ越しの稲荷川を見つめる。水辺に生えた「ヨシ」が風に揺られてサラサラと音を奏でる。遠くにウグイスの鳴き声が聞こえる。「ああ、オレの将来、どうしたものか……」などと若きウェルテルの悩みをしたものだった。

「ああ、20代は激流に流されて、振り回されるような人生だったな……」

仕事に限らず、人生というものは川のような「流れ」があるのかもしれない。だから川を見つめると、その隠喩が脳にコネクトしてしまい、目先のタスクよりも「人生全体の流れ」を考えてしまうのかもしれない。隅田川を見つめながら橋を渡りきると、１０００個のタスクは全く思いつかなかった。やれやれ。

このＹａｈｏｏ！ＢＢプロジェクトの激流は鬼上司からの攻撃をも越える20代最大のビッグウェーブだった。こんなビッグウェーブはどうやって乗りこなしていけばいいのか。僕は決して優れた泳力があったから、社会で生き残っていたわけではない。ただ単に大失恋によって心を失っていたおかげで、余計な力を入れずに漂うように流されていただけだ。

僕は川面をゆったりと泳ぐカモを見つめた。そのカモのゆっくりとした動きに、昔、『ハイスクール奇面組』という漫画で出瀬《しゅっせ》潔《きよし》というキャラが水泳大会で「のし泳法」という泳ぎ方をしていたシーンがフラッシュバックしてきた。

日本古来の泳法「のし」。甲冑を着ながらでも泳ぐことができたという古式泳法で、城に忍び込んだ忍者が堀の中で仲間の助けを待つためにいかに体力を使わず、長い間泳げるかどうかを極める泳法である。「のし泳法」とはクロールや平泳ぎとは異なり、水面に対して身体を横や斜めにして顔を出したまま、手をゆっくりと盆踊りでも踊るような動きで少しずつ進む。

僕はいつの間にか忍者のごとく「のし」泳法をマスターしたおかげで、溺れずに済んでいたのかもしれない。しかしながら、今回の孫社長からの直接攻撃は僕ののし泳法では立ち向かえず、初めて溺れてしまうかもしれないという恐怖感に苛《さいな》まれた。

「今からタスク1000個なんて書けるはずはないわ……。ああ、いっそ、この大きな橋から、隅田川に飛び込んでリセットできたら……」

「バシャン！」と大きな音を立てて川の水しぶきが上がる。近くを泳ぐカモが逃げるようにしてそこを飛び立つ。泳げない僕は岸まで泳ぐことができずに溺れてしまう。土曜日の朝方で犬の散歩をしているおばさんたちに見つかり、おばさんたちはあたふたするものの、僕を助けることは決してできない。リアルに溺れてしまい、20代中盤にて茨城田舎青年の東京ベンチャー社畜物語は隅田川に散ることになる。

まだ20代で人生のクライマックスが何一つ始まってもいないのに、こんな終焉は早すぎるだろ。いかんいかん。危険な妄想から自分を振り払うように、大きく首を振った。川面のカモは僕を蔑むような目で見つめている。

「しゃーねー。オフィスに戻るか。タスク1000個書くか」

結局、その日はタスクは300個ぐらいしか書けなかった。そもそも実務に追われていて、タスクを書いているヒマすらなく、メールがひっきりなしに入ってきて、また帰れない日々が続いた。

＊＊＊

仕事の激流の中にいると、起きている時間だけでなく夢の中でも追い込まれたりもする。

スキーに行く夢を見た。スキーなんぞは学生時代のアルバイト以来行っていないので、5年ほどのご無沙汰だ。

僕はリフトに一人で乗っていた。仕事に追い込まれていたので、スキーでリラックスしたいという深層心理がこういった夢のセカイを作り出すのかもしれない。リフトに乗ってゆったりと山を登っていた。すると、後ろからどこかのアホ学生が騒いでるような、ギャーギャーうるさい客の声が聞こえた。

「せっかく久しぶりにスキーに来てるのにうるせー客だな」と思い、注意しようかと振り返ったら、そこにいたのは孫さんと筒井さんだった。彼らは僕に向かって何かを怒鳴り散らしていた。まるで怪獣だか星人だかのように。

リフトは既に結構な高さまで登っていて、下に飛び降りることはできない。その星人たちは一定の間隔を保ったまま、リフトに乗った僕を追いかけているようだった。リフトを降りたら凶悪星人たちに捕まってしまう。じわりじわりと山の頂上に近づいていく。あぁ、もうダメだ、捕まってしまう。

ハッとなって目を覚ました。時計の針はまだ深夜3時だったので、全く睡眠をとっていなかった。脂汗をかきながら頭から煙が出ている。明らかに脳が過剰に活動していて、常に微熱を持っていた。洗面台にいって顔を洗おうと鏡を覗くと、目はやや血走っていて、頬はコケていて、自分の顔ではないような気がした。

「アナタはだあれ？」
「ん？　もしかして、オレ自身？」

「え？　こんな顔だったっけ？　あれ？　夢かこれは？」

陰鬱な雰囲気のボロアパートでのオトコの一人暮らしは、さらにその精神症状を悪化させるような作用がある。疲れて帰宅しても癒やされない。貧乏な東京の労働者では疲れて帰ってきて、その部屋に入ってとたんに孤独な空気を吸いこむと、何か悪いドラッグにでもかかったように錯覚した。オレだけじゃないだろ。都会の末端労働者なんて、みんなこんなもんだろ？

連日の深夜残業でタクシーで3時頃帰宅した。

誰もいない陰鬱とした住宅街に「カンカンカンカン」とアパートの階段を登る音が気味悪く響く。汚れの目立つ重たい扉を開けて自分の部屋に入る。入るや否や標高5000m級の山のてっぺんに登ったかのような空気の薄さを感じる。

「ん？　何か部屋の空気薄いな……はぁ、はぁ、はぁ」

息を切らすかのように呼吸してみる。苦しい。空気を入れ替えようと窓を開ける。

隣のボロアパートの家族はすっかり寝静まっていた。窓を開けても外から新鮮な空気が入ってこない。何だこの部屋は。部屋全体がゼリーに覆い尽くされたようで、気体が入り込めない。肺の中に酸素が入ってくるイメージができない。

「はぁ、はぁ、はぁ」

今度は声を出しながら、一生懸命呼吸することを試みた。「呼吸」って頑張ってやることか？　日常とは思えないゼリー状の空間に入り込んでしまったようだった。

ヤバい、死ぬかもしれない……。

息ができない＝死ぬ。

焦りだすと、ますます胸の鼓動が早くなりだした。経験したことのない冷や汗が出てきた。

まだ20代なのに、足立区綾瀬のボロアパートで過労死するかもしれん。

月460時間労働していた証拠になるエクセル表を実家に送信しておくべきだった。

もっと仕事なんて手を抜いてテキトーにやっていれば良かった。誰かのために奴隷のように働くのではなく、自分のために適度に働くべきだった。

日々頭が痛いのは脳梗塞だったのかもしれないと思った。そういえば、最近言葉がスムーズに出てこないようなこともあった。2000年に時の総理大臣であった小渕恵三が激務から脳梗塞を引き起こしたことが報道されていた。僕はその報道を見ながら「同じ症状かもしれない」と感じていた。日々、脳がパンクするような感覚だった。

はぁ、はぁ、と声を立てながら、「安心しろ、生きてる生きてる。呼吸デキテルデキテル」と心の中で自分に言い聞かせた。息苦しいけれど、呼吸はできているようだった。自己の生存を実感しつつ安心した途端、恐ろしいほどの睡魔が襲ってきて、そのまま溶けるようにフローリングに敷きっぱなしだったせんべい布団に同化していった。

僕は何とか生きていた。

これは未来に向けての何かの暗喩だったのだろうか？

何をやるにせよ、死んでしまっては、優先順位もへったくれもない。僕は明らかに働きすぎだった。過去の大失恋に身を任せすぎて、流されすぎて、社畜になりすぎていた。奴隷になりすぎていた。20代後半に入り、ようやく「仕事」と「恋愛」の2つの流れをバランスよく捉えようとしている頃だった。人生の進め方も「ガンガンいこうぜ」から「いのちだいじに」を選択する日は意外と近いのかもしれない。

そんな最中に、本来の上司であったおかめ鬼上司より、「Yahoo！BBのプロジェクトはもうオマエがいなくても大丈夫だろ。根回ししておくから、オマエは戻ってこい」との勅令が出た。

5人足らずで始まったプロジェクトだったが、気づくと100人ぐらいになっていた。立ち上げ当初は経営企画・事業企画担当だったが、技術検証もクリアしてきたところで僕はコールセンターを始めとしたオペレーション部門を管轄することになっていた。さすがにこの規模で僕一人では厳しかったので、僕よりも一回り年上で老獪《ろうかい》な部長クラスのイケバさんが、僕と同じくデジタルクラブ社からオペレーション部門のエース人材としてアサインされていた。

アサインなどというとカッコいいけれど、言葉を選ぶと「生贄《いけにえ》」という方が正しいかもしれない。僕よりも上質な生贄をお上に差し出すことで、若くてもうそろそろパンク寸前なボロボロの負傷兵な僕（元二等兵アリ）が生還することになった。

日本橋のソフトバンク本社ビルに戻ると、部下たちからは「若頭、ご出勤お疲れさまでした！」と、刑務所からシャバに出てきたか、シベリアやベトナムから帰還したようなお出迎えだった。歓迎ムードもひとときで、すぐに上場準備の実務に入らねばならなかったが、このYahoo! BBプロジェクトのような「精神と時の部屋」で鍛えられたおかげで、そつなくこなすことができた。


一方で僕が離れた後のYahoo! BBプロジェクトのほうはオペレーション構築が全然間に合わず、炎上を繰り返していたようだった。身体が2つあったら両方のプロジェクトができたのかもしれないが、まあ途中でぶっ倒れていただろう。その半年後、デジタルクラブ社はクラビット社と名前を変え、無事、大証ヘラクレス市場という新興市場に上場することができた。僕は上場企業の企画室長となった。


「20代で一番働いていたときって、いつですか？」

と若手から質問されるといつも答えに窮する。

ホリウチくんに「オレが死んだときは460時間労働の証拠エクセルを牛久の実家に

送信しといてくれ」と遺言を残したときだろうか。もしくは、1週間連続で会社に宿泊して、お風呂に入れなかったため、股間だけはキレイにしようと思い、朝方に男子トイレの手洗い場で高さ80cmほどの洗面台に片足をあげて股間をあらわにして「じゃぶじゃぶじゃぶ」と洗っている姿を、年上部下のサイトウさんに見つかったときだろうか。

このYahoo! BBプロジェクトの激流も、働き方は尋常ではなかった。スカパーやデジタルクラブでの鬼上司たちからの洗礼経験がなかったら、この史上最大の濁流に飲み込まれるところだった。過去のハードワークの経験、濁流や渦の中での泳ぎ方、まさに「のし泳法」のような自分のエネルギーを長持ちさせる泳法をマスターしていなければ潰れているところだったろう。

ナンパ修行（サトミ社会人編）

社会人3年目にマミちゃんと別れてからは仕事の奴隷となり、恋愛のほうはサッパリだった。20代後半という恋愛市場においては最も重要な時期を、一人ぼっちで過ごしてしまった。

クリスマスイブの夜は3年連続で一人ぼっちの吉野家牛丼だった。渋谷宮益坂上の吉野家で一人、クリスマスイブということで奮発し生卵付きの牛丼を頼む。都会で夢破れた若者がクリスマスイブに吉野家で自分へのご褒美よろしく生卵を加える悲しき上京物語。「友がみな我より偉く見ゆる日よ。たまご買い来て、ひとり楽しむ」と石川啄木のような気持ちになる。

僕は一途で乙女な性格だったため、「忘れるのに同じ年数がかかる」と思っていた。文字通りに誰一人とも付き合うことなくあっという間に3年が過ぎた。

茨城県牛久市から常磐線でお台場スカパーに通っていた頃、ＪＲ上野駅で終電に乗り込むと、僕と同じようにいっつも終電で帰っている男がいた。高校時代の同級生である黒羽くんだった。黒羽くんは高校時代に生徒会長を務め、真面目そうなメガネをかけていて、『ちびまる子ちゃん』の丸尾君みたいな感じだった。立教大学社会学部を卒業して、小さな出版社に勤めていた。

高校時代はそんなに仲良くなかったけど、しょっちゅう終電で会って、お互い消耗した表情をしていた。僕は目にクマを作り肌は荒れ、黒羽くんの頭は早くも禿げかかっていた。黒羽くんも女性関係のほうはサッパリみたいだった。

「土曜日も終電まで働かされてる俺たちって何なんだろうな。いつまで経っても彼女できないぞ、これ」

「茨城と東京の往復で人生終わっちまうぞ。何か俺たち行動起こさないとダメだな」

悲しき「茨城シャイボーイ」コンビだった。そこから僕と黒羽くんのナンパ修行が始

post card

160 - 0022

恐れ入りますが
切手をお貼り下さい。

東京都新宿区新宿5-18-21

(株)よしもとクリエイティブ・エージェンシー
クリエイティブ本部 出版事業センター

ヨシモトブックス編集部行

フリガナ	性別	年齢
氏名	1.男　2.女	

住所　〒 □□□-□□□□

TEL　　e-mail　　@

職業　会社員・公務員　学生　アルバイト　無職
マスコミ関係者　自営業　教員　主婦　その他（　　）

ヨシモトブックス　愛読者カード

ヨシモトブックスの出版物をお買い上げいただき、ありがとうございました。
今後の企画・編集の参考にさせていただきますので、
下記の設問にお答えいただければ幸いです。
なお、お答えいただきましたデータは編集資料以外には使用いたしません。

本のタイトル

お買い上げの時期

年　　月　　日

■この本を最初に何で知りましたか?

1 雑誌・新聞などの紹介記事で(紙誌名　　　　　)
2 テレビ・ラジオなどの紹介で(番組名　　　　　)
3 ブログ・ホームページで(ブログ・HP名　　　　　)
4 書店で見て
5 広告を見て
6 人にすすめられて
7 その他
(　　　　　)

■お買い求めの動機は?

1 著者・執筆者に興味をもって
2 タイトルに興味をもって
3 内容・テーマに興味をもって
4 書評・紹介記事を読んで
5 その他(　　　　　)

■この本をお読みになってのご意見・ご感想をお書きください。

■「こんな本が読みたい」といった企画・アイデアがありましたらぜひ!

★ご協力ありがとうございました。

まった。

クソマジメな黒羽くんはナンパをしたことがなかった。そもそも街中で歩いている女性にいきなり声をかけるなどという行為は茨城シャイボーイには考えられない、大変度胸のいる行為である。


学生時代の主戦場は新宿歌舞伎町や池袋だったが、JR常磐線で通う「ジョーバンズ」な僕らは当時「千葉の渋谷」とも言われていた「柏」を拠点に活動を開始した。奇しくも柏の路上ライブからスタートしたバンド「サムシングエルス」が売れ始めた1999年と時を同じくして、我々はまさにヒットソングの「ラストチャンス」が流れる柏の街でストリート活動を繰り広げていったのだった。


「ねーねー、これから飲みに行かない？」

「ねーねー、これからカラオケでも行かない？」

柏駅東口のロータリーを降りて、繁華街を歩きながら、女性二人組に片っ端から声をかけるものの、足を止める女性はほぼ皆無だった。ストリートファイトだけでなく、いろんなお店の中も探索していった。ゲーセン、マルイ、ファーストフード、居酒屋、バー……。そんなとこにいるはずもないのに。

高い確率で無視されたりするので、プライドもクソもあったものではない。「付き合いたいと思う本当にカワイイと思う人」を待っていると時間を浪費してしまうので、妥協してとにかくアタックしまくる。妥協しても断られる。断られるごとに傷ついていると次に進めないので、傷つくのもやめる。数をこなすうちに、ナンパトークも工夫したり、「plan do check action」のPDCAを回すようになっていく。まさしく仕事である。心身ともに鍛えられてくる。

『魁!!男塾』のような単なる修行と化していた。こんな単調で成果の出ない「週末活動」を繰り返して、どれほどの時が経過しただろうか。あまりにも成果が出ないため、二人で自己分析した結果、「柏」ですら分不相応であると判断し、都落ちすることを決意した。柏では僕らの「ラストチャンス」は訪れなかった。主戦場を僕らの高校の地元だった「つくば」にした。北へ逃げる幕府軍さながら、柏から北のつくばへ敗走した。

まだ「つくばエクスプレス」が完成していない「つくば」は駅のない陸の孤島のような場所で、居酒屋やカラオケボックスが集う繁華街にはみな車で乗り込むような時代だった。僕らはそれぞれオンボロな親のファミリーカーで、毎週末、街に繰り出したが、またしても一向に成果が出なかった。自分らの目線を下げて戦場のランクを落とし（柏→つくば）、諦めずにチャレンジし続けたものの、ここでも芽が出なかった。

「革命」が必要だった。

１９９９年、26歳。社会人４年目だったが、茨城県牛久市から通っていた僕は自宅にもパソコンを買い、インターネット環境を整備していた。何といっても僕はＩＴ革命の寵児率いるソフトバンクグループで働いていたのだ。自らのプライベートも「ＩＴ革命」によって、イノベーションを起こさなければならない。

とはいえ、ブロードバンド前のインターネットだったので、電話回線を繋いでパソコン画面の「インターネット接続」アイコンをダブルクリックして「ピポパポポ、ピーヒャラヒャラ」といったモデムの機械音を鳴らしながらやれることは限られていた。会社のイントラネットにも繋ぐことはできなかったし、ただただ「ネットサーフィン」をする日々。

毎日深夜にネットサーフィンするようになって、「出会い系サイト」なるものを見つけた。

これだ！　これがＩＴ革命や！

柏の繁華街を足が棒になるまで歩いて、ひたすら声をかけて、振られて、反省会の瓶ビールを男二人で飲むという非効率な4時間コースが、気に入ったプロフィールの人にメッセを送るだけの10分に短縮された。リアルナンパなんて時代錯誤なのかもしれない。いくつかのサイトを比較した上で、「あっちゃんラブラブお見合い」という完全無料の健全と思えるサイトを見つけて、試してみることになった。

この手のものはケガをするかもしれないけれど、「虎穴《こけつ》に入らずんば虎子《こじ》を得ず」、とにかく「試してみる」ことだ。当時はまだインターネットやパソコンってものは、どうも「オタク」が触るものという印象で、ましてやインターネットの出会い系サイトに登録している女性なんて、コミュ力が低くて引きこもりのネガティブ女子を想定していて、まあ、所詮はハナシのネタ程度にトライしてみた。

出会い系サイトでのナンパのいいところは、リアルのナンパと比べて、拘束時間が圧倒的に少ないことだった。リアルでのナンパは、まずは女性を探すところから始まり、柏の街をひたすら歩いたり、つくばの居酒屋に入って、いい二人組の女性客が入ってくるまで、ひたすら瓶ビールをチビチビ飲むみたいな時間の無駄ばかりだったが、この「あっちゃんラブラブお見合い」は自分のプロフィールや好みを登録すると、「相性のいい人」をレコメンドしてくれるシステムがあって、今となっては普通だが当時では画期的な機能だった。

僕は相性のいい上位10名全てにまずはメッセージを送った。

「はじめまして！　まだ使い始めてよく分からないのですが、相性がいいみたいなのでメッセしてみました！」

返信率は15％ほどだった。同じメッセージをコピペして送信しているだけなので、リアルナンパでの返信率とは比べ物にならない効率化だった。しかも新規ユーザーがしょっちゅう増えていたので、毎日ログインして毎日相性のいい人たちにメッセしていった。

メッセージの文面も徐々に改善し、相手のプロフィールを見て、コピペメッセには思われないような工夫を試みた。

「猫が好きなんですね！　僕の家もオスのアメリカンショートヘアを飼っています！」
とか、
「野球が好きなんですね！　僕は中学で野球部でした。ヤクルトファン歴10年です！」
みたいな感じだ。

また、文章量が多いほうが熱量が感じられ、返信率が上がるようだった。複数の方たちとメッセをやりとりすると、どうも女性陣は登録直後にたくさんの男性からメッセージが来てすぐに一杯になってしまうらしく、「誰よりも早く熱いメッセを送る」というのが返信率をあげる策だった。

毎日毎日コツコツとメッセを送っていたら、20人ぐらいの「メル友」ができた。ただ、誰が誰だか分からなくなってしまうので、エクセルにて特徴、年齢、出身地などのデータをリスト化し、直近の返信日などの進捗や受注角度（A〜E）なども管理し始めた。

当時はまだメールに顔写真を添付して送ることもできず、相手の顔は全く分からなかった。なので会話の中で「芸能人なら誰に似てるって言われますか？」なんて話題を出して想像したものである。僕もまだまだこの出会い系サイトなるものに疑心暗鬼だったため、実際に会うのは相当ためらった。変な宗教やネットワークビジネスに勧誘されたりするかもしれんし。そんな中でも「私、ちょっとぽっちゃりなんですよ」ってメッセが来た子に会ってみることになった。会ってみたら、本当に太っていてかつ毛深くて、昭和の関取「荒勢《あらせ》」みたいな子だった。

その後、3人ほど会ってみたものの、街中だったら絶対にナンパで声をかけないレベルの人ばかりだった。女性ユーザーはコミュ障で全くモテない女子がメインのようだ。

次に会う予定の子は、メッセのやりとりでは評価C+ぐらいで6個下の大学生。メッセのやりとりは当たり障りのないものばかりで全体的に味気なく、愛媛の田舎から東京に出てきて、なんかテキトーに学生やってます、みたいなノリの子だった。半年ほどメッセのやりとりを経て、お互い「悪い人ではないな」とゆるい信頼感を築いた上で「じゃあ、今度ご飯でも食べようか」という流れになった。たまたま大学が一緒だったのも、お互いの心理ハードルを下げた。

僕は日本橋箱崎で土曜出社したのち、待ち合わせ場所のJR山手線高田馬場駅に向かった。評価C+なので全く期待しておらず、ナンパ戦友の黒羽くんには「出会い系サイトなんて、所詮オタクっぽい女子しかこないから。まあこっから諦めずに、合コンに繋ぐようにしますわ！」と進捗報告を入れていた。

待ち合わせ場所で顔が分からないので、事前に交換していた電話番号に電話してみた。

「あ、もしもし。はい、サトミです、私も着いてます。どこですか？」

声が予想以上に可愛かった。もっとガミガミした喉が嗄れたような声をイメージしていたが、声が少し甲高く、それでいて話すスピードもゆったりとしていて、とっても「カワボ」（カワイイボイス）だった。

期待値が相当低かったため、待ち合わせたＢＩＧＢＯＸ高田馬場前で、その子の顔を見て驚いた。

「普通にカワイイ子が出会い系サイトにいるんだ……」

これぞＩＴ革命や！　ありがとうインターネット！

さようなら柏、つくば。

高田馬場駅から神田川方面に少し入ったところにある、郷土料理店風な居酒屋に入り、カウンター席で談笑した。

マミちゃんと別れて喪失感の塊だった3年間を経て、ようやく僕に人生で二人目のカノジョができた。まさかの出会い系サイトで。もう一度言う、これぞＩＴ革命や！ありがとうインターネット！　ありがとうソフトバンク！　ありがとう孫正義！

出会い系サイトとＹａｈｏｏ！ＢＢ。

仕事もプライベートも確実に「ＩＴ革命」のど真ん中を歩いているような気がした。

二回目の恋愛依存症（続・サトミ社会人編）

僕が26歳、カノジョが20歳の大学2年生だった。

黒羽くんとのナンパ修行は無期限停止となった。僕らの戊辰《ぼしん》戦争は敗走を続け、徒労に次ぐ徒労の連続で一見すると人生において無駄な時間であったかもしれない。いや、ムダではなかった。こういったガムシャラな動き、ガムシャラな泳ぎ方が、本当の「ラストチャンス」を掴むことができたのかもしれない。人生で掴むチャンスなんてこんなものなのかもしれない。一見、直接の因果関係がないものの、ガムシャラにやっていると、全く別のところで偶然の幸福が訪れる。いわゆる「セレンディピティ」。素敵な偶然。偶然の幸福。成果の出ない行動をし続けても、決して腐ってはいけない。黒羽くんは僕と一緒にスベリ続け、20代を共にもがき続けた「戦友」である。

この2年間、元カノのマミちゃんを忘れることができず、それでもカラダにムチを打って、仕事で多忙な合間に柏やつくばの街へ繰り出していった。「マミちゃんより全然可愛くない女子にアタックして振られる」というルーチン業務は、まさに精神修行でもあった。ナンパ修行の一方で「なぜ、俺はマミちゃんと別れることになったのか？」と自問自答する日々が続いていた。考えてもどうしようもないことだけど、ついつい、一人になると考え込んでしまうことも多かった。

ナゼ俺は嫌われてしまったのか？　しつこいからだろう。ウザいからだろう。キモいからだろう。ナゼ5年もの時間をお互い消費した上で、最終的に「キモい」ことになってしまうのか。5年だぜ。5年も付き合ってれば、貯金たまってるだろうよ。ちょっとしたキモい行為で浪費したとしても、5年間の貯金を一部取り崩すぐらいで、まだまだ愛の貯金はたっぷり溜まってるじゃんか。

「須田さん、恋愛はリーグ戦じゃないんだよ。トーナメント戦なんですよ。これまで勝ち上がってきたことなんて意味ないんです。負けたらその時点で終わりなんです」

これは後に知り合うことになる、丸山さんというオトコから頂いた言葉だ。

マミちゃんとの最初の恋愛にて、まず「愛は貯金できない」ということを知った。5年間付き合っていても、ずっと自分が追いかけている片思いのようなアンバランス。デート中にゲーセンにある「相性診断」をやるといつも60点前後で「友達だったら最高です」という診断だった。

過去を振り返ると、確かに友達ぐらいの距離感だったら上手くいく感じはした。どうしても恋愛至上主義の蟹座男子な僕には「最終的には恋愛観が違う」という印象だ。僕は尊敬する野村克也監督のＩＤ野球、すなわち「データ重視」を恋愛面でも採用することにした。

もしも、恋愛依存症の僕が、野村ＩＤ野球を取り入れたら。

生年月日を「データ」として相性診断すると、確かに僕の7月21日生まれ蟹座男子と5月3日生まれのおうし座女子では、理想主義vs.現実主義みたいな構造もあって、恋愛という観点では理解し合えないところが大きいようだった。

感情を優先してしまう僕にとって、データ分析は足りない部分を補完してくれるような気もする。

よし。データを分析して、次の恋愛は絶対にもっと相性のいい人とするぞ！

おうし座とも友達ノリな関係なら悪くなかったらしいけど、感情優先な蟹座はジャンル分けすると「水の星座」の部類に入り、同じ水の星座である「蟹座、さそり座、うお座」との恋愛がオススメだと。そういえば、僕が高校時代に好きになった子も二人とも誕生日が3月3日ということで驚いたキオクがあった。二人ともうお座やん！

星座診断、馬鹿にできないぞ！　と感じた20代中盤である。

「あっちゃんラブラブお見合い」なる出会い系サイトは、そんな生年月日データ等を元にして相性診断をしていたサイトだった。僕は相性のいい人をセレクトしてメッセージを送っていた。サトミは僕と恋愛相性◎の7月5日生まれ、俺と同じ蟹座だった。

野村ＩＤ野球とＩＴ革命が融合して、僕は新たな恋愛ステージに進出することができた。

この野村ＩＤ恋愛は功を奏した。

会話がすれ違ったり、感覚が合わないと感じることがとても少なかった。喧嘩をすることもないし、人生で初めてカノジョのほうから「会いたい」と言われたような気がする。「相手を求める距離感」が似ていて、マミちゃんとは明らかに違っていた。
「おおおー、これが本当に『付き合う』ということなのかー！　オレのたった一度の恋愛は間違っていたものだったのだ」
新しい「恋愛」の波が始まる。

多忙で時間がない中でのデートは日曜日のドライブだった。少し前に「八郎くん、やっぱモテるオトコは四駆だよ。しかもオートマじゃなくてマニュアル。ソフトバンク・テクノロジー株で儲かったので新車に買い換えるから、オレの中古四駆売ってやるよ」とソフトバンク出身のダイシン先輩のマルチ営業トークによって掴まされた代物だ。先輩から強引に買わされた三菱４ＷＤは「八郎サーフ」と呼ばれ、その後、僕のナンパ修行での愛車として、柏やつくばに駆り出されていた。しかしながら、インドア派で非モテな僕はそんな代物は乗り回すことができなかった。慣れないマニュアルギアは坂道でエンストを起こしたりして、僕の非モテ社会人編を加速させるものだった。

ナンパ修行に疲れた八郎サーフに初めて本命の彼女が乗車する。消耗していたエンジンを嬉しく震わせた。

「ああ、2年ぶりのまともなデートだ。長かった……」

エンスト多発、エアコンも故障していてポンコツ感のある八郎サーフに、ようやく愛情を感じた瞬間だった。このサーフを買うときは恐らく普通の精神状態ではなかったのかもしれない。すっかり恋愛に遠ざかっていたので、何か「流れを変えたい」という思いもあって、敢えてこの怪しい先輩の商談に乗っかった。マルチ商材というものは、大抵、人の不安状態につけこむものである。

でも、全然関係のない出会い系サイト経由で新しいカノジョができたからいいや。これも、決してこのオンボロ中古4WDの購入に踏み切ったこととは直接因果関係がないように思えるが、「流れを変える」キッカケになっているかもしれないぞ。

人生は、一見、因果関係のないような行為や事象が重なって、偶然起きる「波」が発生するのだ。久しぶりのドライブデートはこの八郎サーフのおかげかもしれない。ボンネットの中にコビト姿のモテ神様が潜んでいたのかも。

＊＊＊

カノジョは西武新宿線下井草《しもいぐさ》駅近くのマンションで2つ上の兄と同居していた。

付き合ってしばらく経つと、カノジョは兄と同居しているマンションに僕を誘った。

「え？　お兄ちゃん家にいるんだよね？　やばくない？」と僕のほうが警戒していたのだけど、「大丈夫、大丈夫。サークルとかで帰り遅いし」という強引な学生ノリを仕掛けてきた。

案の定、夜の22時すぎぐらいに兄が帰ってきて、玄関にある男性モノの靴を見るや否や、妹の部屋のふすまを勢いよくガラッと開けた。

「あ、こんばんは……お邪魔しております……」

僕は恥ずかしげな表情で、その年下のお兄さんに小さく会釈をした。

兄は声を出さずに、少し首をうなずく感じですぐに目をそらして自分の部屋に入っていった。兄と言っても俺より4個下の大学生であり、風貌は小太りで真面目そうで、眉毛を薄くした西郷隆盛のような好青年だった。

「ほら、やっぱり、帰ってきちゃったじゃん！　気まずいよこれ」と僕はぼやいた。

「大丈夫、大丈夫〜。これでお兄ちゃんの公認になるんじゃないかなー」とサトミは言った。

後日、サトミは兄にこっぴどく怒られたらしく、泣きながら電話してきた。

なかなか会う時間も作れない中、年下の「兄」に気を遣って下井草を訪れたりするのもアホらしかったし、僕はそのときホンキで決心した。

「おら、東京さ、行くだ!!」

僕はTOKYOで一人暮らしをすることに決めた。既に27歳になっていた。高校時代に茨城県の田舎道でママチャリを漕ぎながら考えていた夢がようやく実現される。若者の小さな夢がようやく実現される。

は？　夢？

ただの一人暮らしじゃね、それ？

ちょうど母親からは「アンタ、そろそろ出ていきなさい。オトコはとっとと独り立ちしなさい。いつまでも親のスネをかじろうとして、情けないねぇ」とガミガミと言われていた頃だった。

日本橋の水天宮前駅からそれほど遠くなく、家賃が安いところが良かった。実家が茨城県ということもあって、やはり東京の中でも「なるべく茨城県に近いところ」のほうが安心感がある。地下鉄千代田線の始発駅で通勤に便利そうな足立区の綾瀬に決めた。大学時代に足立区北千住にあった「森永ＬＯＶＥ」という森永乳業系列のファーストフード店でバイトしていたり、大学時代「マスコミ研究会」で出会った悪友のアジマが綾瀬に住んでいてしょっちゅう転がり込んでいたので、僕にとってはとてもゆかりのある土地で安心感があった。

綾瀬駅北口の繁華街を抜けて徒歩5分、2階建ての築15年ぐらいのボロいアパートの2階だった。居酒屋やスナックが立ち並ぶ繁華街には、キャバクラの客引きが常に数人立っていた。ある日の帰宅途中、もつ焼き屋の前に血だらけの人が倒れていて、その場で警察に電話したら、「日常茶飯事なんで大丈夫っすよ」みたいに受け流される地域だった。

たまにすれ違うアパートの住人たちは異様なオーラで一言も会話することができなかった。韓国語だか中国語だかで激昂して電話している声が聞こえ、どうも麻薬の密売交渉みたいな話をしているような気がした。2階に登る階段は錆びた鉄でできた、古い香港映画に出てくるような階段で、「カンカンカンカン」と大きな効果音を鳴らしてあがるものだった。

窓を開けてベランダに洗濯物を干すと、目の前には僕の部屋よりももっとボロいアパートがあって、姿形はよく見えなかったが陰鬱とした家族が暮らしているように見えた。常に窓は開けっ放しで、浅黒い顔色をした人たちがくだらないテレビを観ているようだった。


引っ越しは父が手伝ってくれた。近所の商店街で借りた軽トラックに乗って、二人で常磐道を茨城県から東京へ向けて南下していった。家からの家財道具はテレビとゲームとパソコンと鍋ぐらいだったろうか。父は20代後半でようやく一人立ちを迎える息子にやや喜んでいる様子で、「父として子供にできる最後のチカラ仕事かもしれない。最後の父の威厳みせたるで」という高ぶりをみせており、一生懸命に僕より重いモノを運んでいた。

僕は三人兄弟の三男で兄とは10歳、8歳と離れており「最後の息子」的なポジションだった。北斗の拳でいうところの「ケンシロウ」のポジションなので、「ボクが王位継承者だぞ」と思っていたが、兄からは「お前はジャギだ」と揶揄されていた。

父は寡黙に家財道具を粛々と運んでいた。運び終わるとそそくさと「じゃ、帰るわ」

と、お別れの挨拶もロクにせず、一緒に飯を食ったりすることもなく帰っていった。「茨城のシャイボーイ」のオジサン版であった。

ボロアパートから去っていく父の後ろ姿を見ながら、自分がようやくオトナの階段を登り始めたような音が聞こえた。父はボロい階段を「カンカンカンカンカン」と降りていった。

「命」

こうして僕は茨城県を卒業する方向になった。僕は茨城県を卒業するけど、みんなは茨城県を嫌いにならないで欲しい。茨城県は魅力のない都道府県ランキング、ずっと1位である。少し前にそんな茨城県を僕が卒業することを示唆するような事件が起きていた。ここにも何らかの「流れ」、すなわち、人生の流体力学を感じざるを得ない。

ミレニアムに突入した2000年、27歳、僕は茨城県土浦駅近辺で暴漢に襲われた。

その日も週末出社しており、土曜日の終電、JR常磐線で帰宅していた。疲れが溜まっていたのか、寝過ごしてしまって自宅最寄りの牛久駅では起きることができず、3

駅先の終点土浦駅で起きてしまった。3駅といっても都内の地下鉄とは異なり、茨城県の常磐線における3駅は10kmぐらい離れていた。タクシーを使うと5000円以上かかってしまい、20代でお金のない僕は歩いて帰宅することにした。徒歩で2時間以上はかかってしまうが、金欠男子としてはやむを得ない。終電で寝過ごすことなんて年に4回程度しかないし、たまには深夜の真っ暗な茨城県の車道を歩くのも悪くない。国道6号線はトラックばかり通って面白くも何ともないのだけれど、「これもまた人生」としんみりとしながら、一歩一歩帰路につくのが嫌いではなかった。

駅のロータリーを降りて、幹線道路である国道6号方面に向かって歩いていた。茨城県県南地区での主要都市な土浦だけど、東京通勤のベッドタウンとしての人口増加も止まって街の勢いは衰え始めていて、終電後はほとんど人は歩いていなかった。近くにスナック等が何店舗か並んだ寂れた繁華街が見えた。

僕が一人で歩いていると、背後から二人組の男が走って追いかけてきた。酔っ払った若者のようだった。すぐにでも走って逃げれば良かったのだけど、気づいたときはもう遅かった。

「うぇーい、お前何やってんだよ、おい！」

いきなり腕を掴まれた。

「こっちこいよ、お前！」

斜めがけしていたバッグを引っ張り出し、小道に入って小さな暗がりの、下は砂利が敷き詰められた駐車場に押し込まれた。


いきなり顔面を殴ってきた。

「へいへい！　何だテメェはよぉ、サラリーマンかぁ～？　なにチンタラ歩いてんだよ！」


二人組の男は一人は体格がものすごく大きくて、180cm以上、90kg以上という感じだった。恐らく高校時代は柔道部だったであろう。ただし、顔つきは凶悪ではなく少し間抜けかもなといった印象で、チェ・ホンマンと高見盛を足して2で割ったような男だった。

もう一人は小柄で165cm前後、ツリ目でいかにも「威張ってる」雰囲気で、最初に殴りかかってきたのはこの小男のほうだった。小男だけなら対処できたかもしれないが、大男が視野に入った瞬間「絶対に勝てない」と思った。

この『ドラゴンボール』で言うところの、「ベジータとナッパ」風のコンビはやはり小柄なベジータが威張っていて、ナッパに指示を出しており、僕の腹部にナッパの図太い腕の豪快なパンチが入った。僕がうなだれると、ベジータは「へいへい、どうしたよ！　こいや！」などといって、僕にアリキックを入れてきた。

顔面を殴られ、口から血が出て、それがスローモーションで下の砂利に落ちていくのが見えた。僕はあまりにも突然の出来事だったのと、「え？　これって現実？　ただただ駅の近くを歩いてただけで、こんな目に遭うことってある？」と思い、殴られながらもそのスローモーションで落ちていく僕の血を見ながら、少し笑ってしまった。

するとベジータは僕の奇妙な笑顔に感づいて、

「てめぇー、何笑ってんだよ！　なめてんのかコラー！　おい、ナッパ、もっとやったれや！」

と怒りだし、二人からの殴る蹴るの立ち技ラッシュコンボを食らうことになった。もうあまりにも痛くて泣いた。久々に殴られて痛くて泣いた。

「痛い、痛いよぅ……」

殴られて泣いたのは、小学校1年のときに、吉岡くんの回転パンチを食らった以来なので、20年ぶり2回目ということになった。

ベジータは殴ったり蹴ったりしながらも、大声で喚《わめ》いていた。

「あぁー、こっちも辛いんだよ、コノヤロー！」

こっちも辛い？　何かストレス発散のためにサラリーマン狩りをしているのだろうか。

殴られる一方でこちらが無抵抗でただ泣いているだけだったので、向こうは少しずつ探るように、話しかけてきた。

「あー、テメーはそもそも何中なんだよ？」


何中。

なにちゅう。


これは「お前はどこの中学卒業だよ？」という質問だった。

僕の住む牛久市と土浦市は隣町とはいえ、10kmほど離れているので、中学時代は部活で市大会で優勝して県南大会まで出場しないと対戦しない地域だ。

「う、う、う、牛久三中です……」

口元の傷の痛みを気にしながら僕は呟いた。

ベジータは「あ？　牛久け？　ちょっとよく分かんねーな」みたいな表情をしつつも、

「てめー、中学の友達とかに言いつけたりするなよな！」

と少し虚勢を張るような表情で威勢よく怒鳴った。そして続けざまに、

「てめー、じゃあ、住所言えや！」

と怒鳴った。

何で住所を言わないといけないのだろう？　何かの脅しだろうか？　僕はここは正直に言う必要ないなと思いテキトーな住所をその場で言った。

「よーし、分かった。お前、誰かに今日のこと言ったら、家に火つけるからな」

と勝ち誇った表情でベジータは仁王立ちした。そしてまたもっと僕と会話を続けたいのか、

「テメー、それでトシはいくつなんだよ？」

と、まるで合コンのような会話のラリーに変わってきた。

え？　僕の年齢聞いてどうすんの？　ＳＮＳなき時代、共通の友達でも会話を通じて検索したいのだろうか。

「27です」

とここは僕も思わず正直ベースで答えると、

「あぁー？　にじゅうなな、かよ！　何だよ、俺の一個上かよ。ケッケッ！」

と満面の笑みを浮かべた。「オマエ、センパイかよ。センパイなのに一個下の俺たちに殴られてんのかよ、だせーな」みたいな心情なのだろうか。

ベジータは26歳だった。僕は「何中だ？」とか聞いてきたので、完全に10代かと思っていた。10代の荒くれ者が小遣い稼ぎで人を殴っているのかと思ったら、既に社会に出て働いている人たちだった。僕はもし同じ中学の友達がこの年齢になってもカツアゲして暮らしているかと思うと、少し悲しい気持ちになった。でも、これが僕の地元の現実だ。

彼らはどうも土木作業員か大工のような仕事をしているようだった。今日も仕事で親方に絞られたのか、イライラしていて、23時ぐらいまで安いスナックで管をまいていたのだろう。そこに程よいサラリーマンが通りがかって、僕は格好の餌食になった。

「財布とケータイだせや」

財布には1万円入っていた。

ベジータはそれをさっと抜き取って、財布を駐車場の砂利に投げ捨てた。

僕のケータイをとると、僕のガラケーの後ろには「Yahoo!」のシールが貼られていた。

「お、やほー、じゃねーかよ。俺も知ってるぜ」

まだ、漫才師ナイツが世に出る前の2000年に「やほー」を知っていたので、ITリテラシーの高いヤンキーだった。のちにマイルドヤンキーと言われる生命体となり、ソーシャルゲームで重課金したり、地元のイオンで幅を利かせるのだろう。

「何だよ、お前、何か悪いやつじゃなさそーだよな。ケッケッ。ほら、ガムやるよ。ガムでも噛んで帰れよ。それ1万円のガムだな!」

ベジータがそのセリフを吐くと、ナッパと目を合わせて「ガハハハ」と笑った。お約束のネタなのだろうか。オードリーの漫才のようだった。


この殴られながらの痛いヤンキー漫才はいつ終わるのだろう。「もうええわ!↓どうも、ありがとうございました〜」はいつ聞けるのだろうか。後半は殴られることがなくなり、泣きながら漫談を聞かされている感じだった。

「てめー、ぜってーに警察とかに言うなよな！」

これがこの漫談のシメのセリフだった。二人は逃げるようにその駐車場を立ち去った。当たり前だけど「ありがとうございました」はなく、見方によっては「斬新なシメだ」とオール巨人師匠なコメントを残しても良かったかもしれないが、僕は痛くてそんな余裕はなかった。

お金も盗まれてしまい、タクシーに乗れないので、トボトボと歩いて帰るしかなかった。ベジータからアリキックを食らっていたので、足にも鈍痛が走り、びっこを引いて歩く形となった。

深夜1時を過ぎており、周囲に助けを求められるような人やお店はなかった。深夜のトラックだけが行き交う国道6号をひたすら歩いた。

足にダメージを受けていたため、いつも以上に歩くのが辛かった。いつもの半分ぐらいのスピードなので一向にたどり着かず、2時間かけても半分の5kmぐらいしか進まなかった。国道沿いにポツンとカラオケボックス店が見えた。このまま歩いて帰るのは厳しく、このカラオケ店で助けを求めようとお店に入った。

お客の全く入っていないカラオケ店で、店員は一人だけで、何だか要領を得ない雰囲気のバイト始めてまだ1ヶ月ぐらいのフリーターみたいな人だった。

店の自動ドアを通って「すいません……」と話しかけたところ、そのバイト君は僕の顔を見て、恐怖新聞でもみたような表情をして、受付から逃げるようにして店の裏のバックヤードのほうに逃げていってしまった。入り口でふと僕は初めて窓に映る自分の姿をみてゾッとした。顔がものすごく腫れていて、特に目の周りがひどく、化け物のようになっていた。「命」があっただけ良かったのかもしれなかった。怯えたバイト君は店頭に戻ってこなかった。僕は諦めて化け物姿のまま店を出て、再びトボトボと歩くしかなかった。


家に着いたのは3時すぎぐらいだったろうか。

すぐに寝て、翌朝起きたら、家族たちは僕の顔を見てやはり驚いていた。

両目の上に大きな青タンができていた。

＊＊＊

親の意見は「とりあえず警察に行け」だった。八郎サーフに乗って土浦市内にある警察署に行った。

土浦の警察官と会うのは、マミちゃんの家に下着ドロボーが入った以来、7年ぶり2回目だった。土浦日大の甲子園出場回数みたいな感じだった。日曜昼の警察署は閑散としていた。腫らした顔のまま受付を通ると、定年手前ぐらいの50代後半で顔は浅黒く、頬にたくさんイボのあるケーシー高峰風のオジサン警官が出てきた。

「なんだぁ〜。やられたのけ、おめぇ？　きぃのうの、夜けぇ〜？」

茨城弁丸出しのベテラン警官だった。

「そしたらよぉ、調書っつーの書くからよ、ちょっと、ここに座って、待っててくんねーか？」

と言って、警察署オフィスの隅っこにおいてあった折りたたみ式のパイプ椅子に座らされた。

オジサン警官は事務所の奥のほうにいって、何やら書類をガサゴソと探していた。すると、40代前後の似たような田舎顔をした後輩警官が彼のそばに近づいてきて、

「あの若者は、なんすかぁー？　なにぃ？　やられたんけ？」

と自分の仕事とは恐らく関係ないくせに、興味本位で首を突っ込んできてるふうだった。

「また駅の近くで暴漢だってよぉ〜。そっちは何の事件やってんのよ？」とケーシー高峰オジサンは聞いた。

「こっちはまた、レイプですよぉー。最近、ホント、おおぐてな」

「あー、レイプかぁー」


彼らの日常会話は話している内容とは相関せず、とてつもなく軽く感じられた。僕は顔面がパンパンに腫れていたが、彼らにとっては何ら変わりのない「日常」だった。僕にとっては非日常だったが、彼らにとっては日常の真ん中だった。レイプですら日常だった。犯罪国家に旅行に来たようなカルチャーショックだったが、自宅から2駅離れた市街地の警察署であることを忘れてはいけない。

僕が女性だったら、昨日の二人組にレイプされていたかもしれない。顔面を腫らすレベルの傷つきではないと感じた。僕は昨日の惨劇を思い出すとともに、自分が女性でレイプされてしまったかのような妄想にとりつかれた。圧倒的な喪失感と絶望感。

やり場のない怒り。「喪失」と「怒り」が混在しつつも、その感情はどこにもぶつけられないものであり、どうしようもなかった。厭世観しか残らない。

こんなに傷ついているのに、助けを求めて警察に駆け込んでも、「なんだぁー、レイプけぇー」などと言われることを想像すると、そのベテラン警官たちに対して、怒りと軽い殺意をも覚えてしまった。

過度な妄想からふと我に返る。助けを求めた警官に苛《いら》ついても、何にもならないと思った。警官の方々はスーパーマンでもないし、誰でも助けてくれるおまわりさんではなく、単なる「茨城弁のオジサン」なのだ。「自分が傷ついても誰にも頼れない」と思った。ましてや国家なんて頼れない。警官オジサンたちはいつまで経っても書類の準備ができずに、ダラダラと雑談をしていた。僕がソフトバンク子会社で働いてるスピードの1%ぐらいのスローモーションで仕事をしているようだった。

「この、クソ公務員の税金ドロボーが!!」などと怒ろうとしたが、先程のロジックに基づいて、茨城弁のおじいさんにキレた感情を持っても何にもならないので、心の矛を収めた。

調書を書く取り調べについては、茨城弁で何度も同じようなことを聞かれて、何度も何度も消したり書いたりを繰り返していて、1時間ほどのクソ苦痛な時間だった。

警察に届け出たものの、予想通り、殴った暴漢は捕まる気配はなかった。あのオジサン警官では捕まえられないだろうに。まあ、下手に抵抗して殴り殺されないだけ良かった。「いのちだいじに」だ。実被害は1万円取られただけだから、今後このハナシをネタにトークすれば人生80年で十分リターンのある投資だった。僕はかなり得をした。

さようなら茨城のおまわりさん。僕は東京に行って、自分の命は自分で守れるようなオトナになるよ。おら、東京さ行くっぺ。もう都会っ子になるだ。

＊＊＊

足立区を都会だと思っていた。世界のキタノ、ビートたけし、北野武監督も足立区だし。でも世間では、足立区は都会とは認識されていなかった。それでも東京に引っ越して通勤は確かに楽になり、平日に友達の家を泊まり歩くことはなくなった。一人暮らしをしてからは、実家に帰ることはなくなった。正月や盆休みですら、仕事に追われて帰れなかった。足立区綾瀬のボロアパートと日本橋箱崎町の薄青いビル内「ピリピリ諸島」を往復する日々。

いつも通り、いつゲキヅメを食らうか分からない、ピリピリした朝。メールチェックを済ませた午前10時すぎに、牛久在住の8歳年上の次兄から電話がかかってきた。

「仕事中だよな？　ごめん。今朝、オヤジが倒れたんだわ。救急車で運ばれた。とりあえず、お母さんと俺で病院にいる。お母さんは気が動転していて、慌てふためいている」

綾瀬への引っ越しを手伝ってもらって以来、父とはろくに会うことができなかった。東京に引っ越してから、より仕事の渦に巻き込まれてしまい正月すら帰れていない。

父は20代で独立して、自宅の裏に作業場を作って、プラスチックの模型士としてフリーランスで働いてた。いつもラジオを聴きながら、家の裏の作業場で、電気ノコギリやらドリルやらを「ガーガー」言わせて働いていた。

部下を作ることもなく、3人の息子たちに技術を継がせることもなく、ただ一人黙々と仕事をしていた。東京の会社から設計図がＦＡＸで送られてきて、電話で打ち合わせして、発注されたものを作っていた。それはおもちゃの試作品だったり、どこかの万博や博覧会などのイベントに飾る地形図だったり、いろいろな「プラスチックの模型」だった。

僕の小中学校時代、80年代の景気のいい頃はひっきりなしに仕事が入ってきて、とても忙しそうだった。お酒を飲むのが好きで、茨城県育ちのクセに「江戸っ子気質」みたいなところがあり、「宵越しの銭は持たない」とか言って、毎日のように近所のお寿司屋さんに通っていた。

僕も遊びから帰ってきて、晩ごはんの食卓にお父さんがいないのを確認すると、家から50m先にあったお寿司屋さんに走っていき、

「あ、パパ、いた！　寿司屋のおじさん、僕はプチプチください！」といって、いくらの軍艦だけを食べるちょびリッチな子供だった。

バブル経済が弾けて、メインの発注元企業が倒産した。お寿司が一切食えなくなった。僕が高校生になる頃は、オヤジはいつも茶の間で横になってサンケイスポーツを読みながら千葉テレビの競輪番組を見ていた。高1の頃、突如お母さんから「ご飯の

おかわり禁止令」が我が家に発令された。

僕の高校時代、大学時代はお父さんはろくに働いていない様子だった。今、僕らが住んでいる家はおばあちゃんが行商で稼いで建てたもので、家賃もかかっていなかったので、何とか貯金を切り崩していたのだろうか。もしかしたら、僕の大学の学費は「競輪」で賄われていたのかもしれない。


僕が大学を卒業してもう5年が経とうとしていた。父に久しぶりの大きな仕事が入ったようだった。久しぶりに老骨にムチを打ちをうちながら、仕事をしていたと思われる。早朝に突然バタンと倒れたらしい。

病名は肺水腫と心筋梗塞の併発、とのことだった。僕が大学1年の大学デビュー戦で池袋で3人組の女性をナンパした日に亡くなった尾崎豊の死因が「肺水腫」だったと記憶している。

お父さんは仕事中マスクをしていなかったし、プラスチックの粉塵を多く吸い込んでいて、肺へのダメージは計り知れなかったのだろう。

「父、危篤」の電話を受けたが、クラビット社は上場準備真っ只中でちょうど審査部門からの質問状が山ほど来ており、とりあえず、仕事が一段落したら夜にでも兄に電話をかけてみようと思った。一応、おかめ鬼上司に報告しておいた。上司は太い眉毛をいつも以上にキリリと吊り上げて、

「お前、今すぐ帰れよ」

と言った。

「え？　今から？　仕事はどうするんすか？」

「仕事なんてどうにでもなるよ。今すぐ帰れ。これは上司命令だ」

いつも以上に厳しい口調だった。厳格な父親の見せる優しい一面のようだった。すぐにタクシー使ってでもいいので帰れとのことだったので、東京シティエアターミナル近くでタクシーを拾って、ＪＲ上野駅に向かった。

「父、危篤」の知らせを受けて乗るＪＲ常磐線は、今まで乗っていた電車とは全く違う乗り物のようだった。どこかに向かっているという意識がまるで欠落した、運命の赴くままに、見えないナニモノかに手取り足取り誘導されるかのように。自分の親族が危篤に陥るというのは初めての経験だった。親族、すなわち、僕のＤＮＡ。ＤＮＡ的には僕の半分は父でできている。その半分の「主」が急に消えかかろうとしている。

それまでは僕個人はそんなDNAなどを考えることはなかった。この常磐線で初めて「自分が何から作られたものなのか」を考えさせられるようになった。僕は間違いなく、父と母からできた「モノ」だった。移動しているようで、移動していない。方角や目的地という三次元の感覚がない。時間も加えた四次元の感覚もない。違う次元で起きている事象な気がした。ふと思考を四次元ベースに戻すと、仕事への不安が襲いかかってきた。平日の日中に仕事を休むのは初めてで「あぁ、大丈夫だろうか」と不安になる。当時はスマホもないので、移動時間は仕事の状況がつかめない。メールの処理ができない。日々、仕事に追われすぎていた。脳梗塞予備軍のような頭痛を抱えたまま、自宅に到着した。

兄の車で病院に向かった。「私は警察官の娘」が口癖でいつも気丈な母が、半べそをかきながらオロオロしていた。

父は集中治療室に運ばれていて、面会もできない状態だった。

集中治療室には看護師さんやら医者がひっきりなしに出入りしていた。

「意識不明の重体」だった。

医者に症状を聞いても「回復するか分からない」とモゴモゴとした受け答えだった。

目はとても冷静で、彼ら医療関係者にとっては、人の死や危篤というものが日常であり、非日常で焦っているのは我々家族だけだった。

家族が病院に寝泊まりしてもしょうがないので、「一旦ご帰宅ください、何かあったら連絡します」とのことだった。集中治療室の窓ごしに、口や鼻にひたすら管《くだ》が突っ込まれているお父さんの寝姿が見えた。もはやミイラのようだった。

兄の運転する車で、僕と母と3人で家路についた。夜も遅かったので僕はそのまま駅から再び常磐線に乗って、足立区綾瀬のボロアパートに帰ることになった。

「あんたのほうは大丈夫なのかい？」

母親は帰りの車中でボソっとつぶやいた。長年息子を見てきた母親は、僕の異変にも気づいていたようだった。僕は帰りの車中でも疲れ切った表情をしていた。恐らく目の下には「万年クマ」が発生していたし、まぶたの近くが常にピクピクと痙攣していたり、顔色も悪かったかもしれない。

そこから電車に乗ってアパートについて寝床につくまでのキオクは全くない。

＊＊＊

「何かあったら連絡するようにするから」

母は別れ際に気丈に言った。

危篤で倒れたのは水曜日の朝だった。翌日の木曜日、金曜日と通常の仕事が続いた。1日休んだだけだったので、人に迷惑をかけるような遅れはなかったが、机の横の稟議書が山積みになっていて、ノールックでハンコだけを押していった。

この週末はサトミと久しぶりにデートをする約束だった。僕の仕事とカノジョの就活が重なって、ここ3ヶ月ほどまともなデートができていなかった。このあたりでしっかりとケアしておかなければ。このデートは「重要な試合」と認識していた。

大学時代の友人のアジマから「今度、こぢんまりとお笑いのイベントやるから観に来てくれよ。カノジョも連れてきなよ」とコントライブに招待されていた。アジマは僕と違って大学時代の就活を勝ち抜いた男であり、無事、日本テレビに内定してそのまま番組の制作や編成などをやっていた。東京出身の若手芸人さんと一緒にコントライブを企画していた。「君の席」という、バナナマン、ラーメンズ、おぎやはぎの3組共同コントライブだった。2001年、まだその3組がそれほどテレビに出演していなかった頃だと思う。

御茶ノ水駅から歩いてすぐの「全電通ホール」。映画もロクに観ない僕にとって、ライブ会場やら劇場に足を運ぶのは異例だ。「重要な試合」だから敢えてセットしたデートプラン。同じ場所で、同じものを観て、共有するというスタンダードなデートすらできていない僕は、根っからの非モテ思考オトコから抜け出せてはいなかった。

せっかくのお笑いライブなので、「父危篤」の話はサトミには伏せておいた。僕としては、若干お互い距離が離れ気味な中、何とかこのお笑いライブにて二人の関係性を「お笑いのチカラ」にて好転させたい思いが強かった。僕もサトミも人生で初めて観るお笑いライブだった。ホール内に入るとスタッフとしてもアジマが奔走していたので、軽く声をかけた。

「はじめまして」

とカノジョのサトミは少しミーハー気分が満たされて嬉しそうな表情で微笑んでいた。

ホールの真ん中の席に座って、しばらく経つとホール内は暗転して、ステージ舞台のみ照明が照らされていた。さっきまではサトミと雑談をしながら僕も笑顔を振りまいていたが、室内が暗くなると、イッキに自分と対峙する時間が訪れた。

「俺のお父さん、危篤なんだっけ……」

自分の置かれている状況を思い出した。

すぐにコントは始まった。
何となく上の空で、なかなか頭に入ってこない。
声を出して笑うことができない。

あっという間に1つ目のコントが終わった。

2つ目のコントが始まった。「お通夜《つや》」という設定のコントだった。
僕は20代後半だったが、あまりお通夜やらお葬式やらに出たことがなかった。
親族で亡くなったのは一人だけで、同居していた祖母も90歳近かったがまだまだ元気だった。

何でこんなタイミングで神は俺に「お通夜」のコントを見せるのだろうか？

何か神の啓示かもしれないと感じた。

お通夜お葬式や人の死は20代の僕にはまだまだ受け入れがたい現実であり、とても嫌なことだった。

コント自体はそんなに笑えなかったが、これは、

「お通夜なんて笑っちゃえよ。笑うしかないよ」

と神様から言われているようだった。

コントが4本ほど終わった公演中に、僕の携帯がバイブしだした。

このタイミングで母からの電話だった。

＊＊＊

コント中だったので、隣のサトミや周りの観客の方々に迷惑にならないように、腰を

かがめて小走りで大きなホールの扉を開けて廊下に出た。

心臓の鼓動が大きく震えるのを感じた。


「お父さん、今から手術することになったから」

第一声がそれだった。

「兄は病院に来るけど、お前はどうする？　まあ、病院に来たところでお前が何かできるわけでもないんだけどさ」

「だからさ、お前は東京で待っててもいいよ。またいちいち行ったり来たりになるのも大変だろうし、何かあったら連絡するから」

母は先日倒れたときと比べると、やけに冷静な口調だった。母との電話はいつも用事を話す程度の1分で終わるものがほとんどであり、今回も1分程度で「それじゃ」と電話を切られた。

僕の心臓がバクバクと鳴っていたのは、母からの「お父さん、亡くなったよ」との電話だと思い込んでいて、心の準備をするのに動悸が激しくなってしまったからだ。その動悸がおさまらないままに電話は切れて、僕はサトミに悟られないように、早々に暗いホールの自分の座席に戻った。

父と会うのはもう最後かもしれない。母には移動が大変だとは言われたけど、電車で1時間半程度の距離である。「父の死に目に会えない」というのは一生後悔するかもしれない出来事の一つではないだろうか。

僕はほとんどまともにコントを観ることができなかった。

人生で非常に重要な意思決定を迫られている気がした。

いやいやいや。こんなの考えるとかじゃないだろう。そもそも親が危篤なんだ。電車で1時間半でいけるんだ。仕事だろうが、プライベートだろうが、何があろうが、それは「即行く」だろ。それが「常識」だろ。どんなことがあってもそうだろ。今まで27年間育ててくれたお父さんだし、ずっと一緒に住んでいた肉親だ。

そんなとき、ふと「意思決定」に関するビジネス書のことを思い出した。

スカパー時代のカマ鬼上司に勧められた本だったような気がする。

「お前？　ゼロベース思考、知ってるか？　アホなやつは過去に拘泥《こうでい》して、未来に最適な意思決定ができねーんだよ。過去を消して、思考をゼロにしてから、未来についてのみ考えるんだ」

そのビジネス書に書いてあった「ゼロベース思考」なるものの事例は、公共事業投資でトンネル工事を行い50%ぐらい完成していて、あと50%投資して完成させるかどうかみたいなものだった。その公共事業はそもそも儲からないので、完成しても失敗が見えているものだった。

「せっかく50%作ったんだから、完成までさせないともったいない」というのが大半の意見だったらしいのだが、こういった意思決定がミスリードなのだと。過去に行ったことは一旦考えずゼロにする。「今から未来の視点」だけで、投資すべきか否かを考えなければならない、と。


僕はゼロベース思考をした。


まずは過去を消し去った。父に対して僕を育ててくれた27年を捨て去り、サトミに対して付き合ってここ1年を捨て去った。ゼロになった。さて、こっから未来に向けてどの意思決定が価値を持つのか。

父の「命」は消えかかろうとしているロウソクの炎かもしれない。父は死んでしまう、とする。いや、いつになろうと父の命は僕より先に消えてしまう。サトミはもしかすると僕と結婚してずっと一緒に過ごすかもしれない。数字にすると父はあと0年、サトミはあと50年ぐらい。今後の未来を過ごすかもしれないサトミとのこのデートのほうが、ゼロベース思考で考えて重要なのではないか。

これは父の「命」という虚数のような記号を使って、神からの「未来を見るべき」という高度な思考のトレーニングだったのかもしれない。小さな舞台では、お通夜のコントに続いて「病院」のコントが始まっていた。

「またオレの心を揺さぶるようなコントかよ、神様……。俺はこんなことで思考をぶれさせないぞ。未来思考だ。ゼロベース思考のできるビジネスマンなんだ」

僕はこのコントの短い時間で、非常に高度な意思決定をし、人間として一回り成長した気がしたんだ。

ユニットコント「君の席」。

「君の席」とは一体どういう意味だったのだろう。

きみの「席」。ホールには約400ほどの座席があったが、来ているお客さんは本当にバラバラだった。人それぞれの「席」だ。人が感じ取る感性なんてものは、老若男女さまざまであり、笑うポイントも全然違う。6個下のカノジョと笑いのツボは少し違っていただろうし、コントの楽しみ方というのも、結局のところ人それぞれ。それぞれ違うんだから、ぜひ、「君の席」で自分なりにお楽しみください、というメッセージだったのだろうか。

「父危篤」のステイタスを持ち合わせてホールに座っていたのは、僕の席だけだったろう。

「命」について考えさせられる僕の席。「命」ってなんなのだろう。生と死って何なんだろう。

＊＊＊

実際に手術をしたのはその1週間後だった。

親の死に目に会えないかもしれない云々の「ゼロベース思考の意思決定」をしたものの、延期によって僕は手術に間に合うことになった。

僕は人生で初めて集中治療室の中に入った。


父はまだ意識不明だった。

顔はドス黒く、人間の肌の色としては、全く見たことのないもので、黒人や日焼けした肌の黒さとは異なる、とにかく血が通ってないような、まるで「土偶」のような顔つきだった。つい1年ほど前に僕の引っ越しで家財道具を運んでいた父とは別人だった。僕が27年付き合ってきた父とは、全くの別人だった。


集中治療室のベッドに横たわる父を、僕と二人の兄と母が取り囲んだ。

話しかけても反応はないので、ただただ、僕らはその土偶化した父を見つめながら、近くにいる主治医さんにぼんやりと「助かるのでしょうか？」→「本人次第です」的な会話をするしかなかった。主治医さんは40歳前後ぐらいで、ベテランとも若手とも言えないぐらいで、「本人次第です」っていうのが、何ともビジネスライクなミドルエイジ感を醸し出していて、若輩者の僕は「オトナって頼りにならねーな」という土浦の警察署で感じた以来の感情が込み上がってきた。

10分ほど経って主治医さんから「そろそろ手術の準備に入りますので」と言われ、家族は廊下に出るように促された。

廊下でしばらく待っていると、先ほどベッドに横たわっていた土偶姿な無意識の父が担架に乗せられて、看護師二人が手押し車のような形でダッシュしてきた。何か奇特なお祭りで山車《だし》を押しているかのような二人の看護師は、無駄に若く、無駄にそこそこ小綺麗だった気がした。二人の巫女さんのような看護師は、発火した山車を水の神様によっておさめるように、手術室に思いっきり押し込んでいった。

「お父さん!! しっかり!!」

10個上の30代半ばを越えた長兄が叫んだ。

普段から家族の中では冷静沈着キャラであって、大きな声をあげることはなかった。男三兄弟の中では下の二人がガヤガヤうるさいキャラなので、長兄としてはドッシリと物事に動じない姿勢が必要だったに違いない。そんな長兄ですら、人生で初めて家族内で大声をあげるほどの、一世一代の「アパッチの雄叫び」に値する応援であった。

父の「命」のともしびは完全に消えかかっていた。

＊＊＊

手術後、意識を取り戻して、集中治療室で久しぶりに会話したのは術後1週間ぐらいだったろうか。顔色は以前よりも血色を取り戻したものの、未だドス黒く、決して健康体には見えなかったが、地獄から生還してきた帰還兵のような表情をしていた。

父の第一声は、

「重病なんてするもんじゃない。小説家でもない限り」

だった。

声はしゃがれていたものの決して弱々しいものではなく、三途の川を折り返してきた帰還兵ならではの力強さがあった。

父は生き返った。まさに生き返った。

江戸っ子気質な父だが、子供には優しく、僕はほとんど怒られた記憶がない。小さい頃から僕のほうがワガママをぶつけていた。自宅の裏が仕事場だったので、普通のサラリーマン家庭よりも父と子が顔を合わせる時間は多かったと思う。とはいえ、母と比べると父としゃべるのは何かと気を遣うというか、こっ恥ずかしくてしゃべれない。僕の仕事の話もほとんどしたことがない。

僕というのは半分父からできているわけだし、もっと父から学ぶべきだ。性格もやっぱり似てるから、仕事でも同じような失敗体験をしているはずだ。生き返ったのだから、生きてるうちに父からの人生訓を聞き出し、一子相伝《いっしそうでん》の須田神拳を伝承せねば。

大病院を出ると、空は広く見えた。東京の空より圧倒的に大きいイバラキの空。「父の生還」という人生で素晴らしい瞬間だったはずなのに、空を見上げると「病院と父」というお題目で僕のしょうもない思い出が浮かんできてしまった。

小さい頃に一度だけ、父と一緒に病院に行ったことがあるのを思い出した。それは決して母親では頼りにならない、父親にしか相談できない、男と男の相談だった。

僕が小学校6年の夏休み頃だったかと思う。

僕は日中に自宅の裏庭にあるお父さんの仕事場に行って相談した。

「パパー。俺、全然むけないいんだよ」

「何？　どれどれ？　ちゃんと見せてみろ」

「あれ？　ホントだ。むけないな。これはお医者さんに行ったほうがいいかもしれない」

数日後、僕は父親の車に乗せられて、人生で初めて入院施設のある大規模な「霞ヶ浦病院」というところに行った。

「泌尿器科」というところで診察されて、髭面の大洋ホエールズの齋藤明雄投手みたいなお医者さん曰く「真性包茎」というビョーキのようだった。中学生に上る前の春休みに手術しちゃえばってことになり、僕は小学生にして真性包茎手術経験者デビューとなったのだった。


ということで、僕と父の病院の思い出は、「真性包茎と集中治療室」の2本立てとなった。

奇しくも、どちらもオトナの階段を50歩ぐらい躍進してジャンプアップするようなことかもしれないなこれは。


手術後の出血によってパンツが汚れてしまうということで、母から「これを使いなさい」と言われて、「生理用ナプキン」を渡された。僕は小学6年男子として、人類で初めてナプキンを使ったことのあるオトコとして、いつかギネスブックに載るかもしれない。それは母の閉経直前の在庫処分だった可能性も極めて高いミステリーだ。

＊＊＊

父の病状が落ち着いたところで、僕はサトミに「父が危篤だった」ということを伝えた。

「ええー？　何で教えてくれなかったのー？　私たちのデートより、お父さんの病気のほうが大事だよ！」

足立区綾瀬の串揚げ屋「串のこたに」は「串カツ田中」がまだ東京になかった時代において、東京で最もコスパの高い串揚げ屋だったかもしれない。100円前後でカラっと揚げたての安い串揚げをイカ、アスパラ、うずらの卵、牛肉ヒレと雑多にオーダーしつつ、同じく1杯100円足らずで飲める「こたにサワー」を飲みながら、僕は就活生のカノジョに対して偉そうな口調で饒舌《じょうぜつ》になっていた。

「こういう危機的な状況においてもだな、常にゼロベースで物事を思考するのが大事なんだよ。ほら、将来を考えれば、死んでしまう自分の父親よりも、これから一緒に過ごす人のほうが大切じゃん？」

「過去に拘泥しては、いい未来は築けないんだよ、分かる？」

就活生のカノジョの不安を払拭してやろうと、次々と「こたにサワー」という甘からず酸っぱからずなお酒を喉の奥に注入した。僕にとってアルコールはいつも普段は言えないことを饒舌に語るためのエナジーだった。それが新たなチャンスを生み出すこともあれば、大きな地雷を踏んで取り返しのつかないことにもなるのだが。

6歳年上の社会人として、「ゼロベース思考」や「未来思考」といったカッコつけワードをちりばめて、普段なかなか得られてない尊敬の念を得ようとしていた。「君との未来」を優先していることをさらりとほのめかし、カノジョは終始満足げな表情をしていた。ビジネス脳でマウンティングを取りつつも、相手への愛をしっかりとアピールするといった、就活生で言えば120点とも言えるプレゼンだったかもしれない。

でも、よーく考えると、「ゼロベース思考」や「未来思考」なんてものよりも、「命」のほうがどう考えても大事だ。これは仕事に追われすぎて仕事脳になりすぎていて、もしかしたら土浦で暴漢に襲われて僕自身が「命」を落としていたかもしれないし、父の「命」にすら盲目になってしまった、ヤバい社畜の悪例である。

あんまりビジネス本や資本主義社会でのロジックに囚われすぎると人生で足をすくわれるな、という教訓とすべき事例だったかもしれない。

「命」だいじに。

「いのちだいじに」

痛恨の「お惣菜屋」

父の病気は、僕の中の何かを変えた。いつまでも社畜のままではいられない。そう心に決めた僕は、創業から上場までいたソフトバンク子会社を辞めて、正式に友人の会社にジョインした。

29歳の夏だった。今度の勤務先は赤坂見附の繁華街。デカデカと「足つぼマッサージ」の看板が目立つ5階建て雑居ビル。社員数は30人ほどだった。役員や幹部はイマジニアの同期で構成されていて顔見知りだったけど、現場の人たちとはほとんど面識がなかった。

入社早々に株主総会があった。人生で初めての株主総会だった。

株主総会ってのが、そもそもどんな会議だか知らなかった。20席ほどの赤坂の貸会議室みたいなところで行われた。僕ら役員陣が前に座って、スクール形式で並べられた椅子に株主の方々が座っていた。出席者は10名ほどだったろうか。多くはVC（ベンチャーキャピタル）という株主の方で、僕が知っているのはJAFCOの方だけだった。僕が3年前に資金調達でプレゼンしたときにお会いした方で、当時はとても気さくでニコニコされている印象だったが、その日は目を吊り上げて厳しい表情をされていた。

僕は良く分からずに経営陣側のテーブル席に座っていた。内容は前期の決算を報告しているようだった。累積で2億だか3億だかの赤字で「すいませんずっと赤字です」みたいな報告だった。社長からつらつらと実情を報告したあと、株主さんからの質問タイムになった。出席している株主さんはみな厳しい表情をしており、冷たい視線がこちらに向けられた。何か旧友に誘われて怪しいセミナーにでも来てしまったような寒気を感じた。株主さんが次々と挙手をして質問してきた。どれもが責め立てるようなものだった。

「社長。ずっと赤字ですよね？　来期1億の利益が出る予定って言ってますけど、ホントですか？　出なかったら経営陣は辞めるんですよね？」

40代前後のベテラン投資家のような方が株主を代表して発言しているようだった。

「えぇ、そのときは辞めますわ！」

実際の言い方はもっと丁寧で、関西弁でもなかったと思うけど、自分の記憶にはこんな風に刻まれた。

僕が初めて参加した株主総会は子供のケンカみたいな会議だった。

＊＊＊

早急に会社を売却する方向で動くことになった。

入社後、まさかの最初の仕事が「会社の売却」になった。ケンカを収めるにはこれがいいってことなのだろう。僕はこれまでの背景が分からなかったのでその意思決定の議論に参加することはなく、とにかくクロージングさせる「実行部隊」として動くことになった。

2002年当時、ITベンチャー企業の買収ができる会社はヤフーと楽天の2社ぐらいしかなかった。中目黒駅から徒歩10分ぐらいかかる楽天本社に通う日々。真夏のクソ暑い中、スーツ着て中目黒駅からK社長と二人で日参した。中目黒なんてオシャレな街にはこれまでの人生で縁がなかった。職場と自宅の往復の人生だったし、ほとんど内勤だったので仕事で外出することがまずなかった。

中目黒の駅を降りて駅前の風景を目にしたとき、「あ、一度だけここ来たことあるわ」と思った。ちょうど半年ぐらい前に、大学時代の悪友の「小野」と中目黒の居酒屋で飲んだことがあった。僕がちょうどソフトバンクの子会社をもう辞めようと思っていた頃だった。「小野」は留年して新卒でアクセンチュアに入って、その後起業して会社を楽天に売却して、楽天の社長室で働いているようだった。

中目黒の居酒屋で、

「すだっち、楽天こない？　ミッキー（三木谷社長）の下で働きなよ」

「友達の会社手伝うの？　COOL社？　あそこヤバイっしょ、やめたほうがいいよ」

なんてことを言われた。そんな話をした駅前の居酒屋を通りすぎて、まさかその楽天本社にそのCOOL社を売るために、日参し続ける日が来るとは思いもしなかった。

企業売却のスキームはとても複雑だった。

会社の全てを売却するのではなく、メインのコミュニティ事業（ＣＯＯＬ）のみを売却し、人員は数名だけついていき「会社分割」をする、というものだった。しかも、現金ではなく「株式交換」で売却するということで、会社分割と株式交換を同時に行うという、企業買収のセカイでその後誰もやってないだろあれ、という大変なスキームだった。

そんな実務は全くやったことがないので、本屋にいって「会社分割」とか「株式交換Ｍ＆Ａ」とか書いてある本を5冊ぐらい買った。顧問弁護士は街の事務所に安く頼んでいて、企業法務に精通していなかったので、自力でやるしかなかった。

公告やら債権者通知やら、よく分からないけどやらなければいけない実務やスケジュールが決まっていて、エクセルでスケジュール表を作ったらタスクの列が３００個ぐらいになった。これを1ヶ月ぐらいでやらなければならなかった。そもそも売値の合意交渉もしなければならず、株主もＶＣさんが10社ぐらい入っていたので、各社との調整にも動かなればならなかった。また、売って終わりというわけではなくて、会社分割での新会社スタートの準備もある。楽天さんは上場企業だったため、ＩＲ部門とも開示情報でのやりとりが必要だったし、サーバー移管などで技術部門とも事前調整が必要だったし、従業員のストックオプション放棄などもある。

企業買収は大抵社内には秘密裏に進めるものだ。40人ぐらいの会社の規模で、事前に知っているのは役員と担当部門含めて5人程度だった。楽天さんがリリースを配信する日、株式市場が引けた15時以降に社内で説明することになった。

僕はまだ会社にフルコミットで入って2ヶ月ほど。もともと創業時の社外取締役だったから社内歓迎会などもなくて、経営会議のメンバー以外とはほとんどしゃべったことのない社員の前で、事業売却の概要を説明する役目を受けた。昔からの友人ってことで前から役員に入ってた男が、入社早々に、

「えーっと、あなたたちの会社を楽天に売却することになりました」

などと言うのである。僕が社員だったら、

「ナンダ、この社長のトモダチで入ってきたこの童顔野郎は！」

と思っただろう。地元茨城だったらボコボコにされる事例ではないだろうか。

対外的にリリースされたあとは、周辺各社への説明や社内整理などに追われたが、大きなトラブルもなく、無事合意クローズされた。

会社分割と株式交換による事業売却がクローズした頃は11月に入って、季節はもうすっかり秋になっていた。打ち上げ的な感じで赤坂見附の安い居酒屋で役員3人で飲みに行った。

今考えると怒濤の2ヶ月だった気がするけど、前職でのソフトバンクグループはそれ以上に怒濤だったので、特に疲労感や達成感もなかった。それ以上に「これから新会社含めどうするか」というところが目下の議題だった。

新会社にはまだVCさんが10社入っており、次のステップとして自社株買いでVCさんたちの株を買い取ることが決まっていた。会社に多少の運転資金を残しただけで、残った現金のほとんどを使ってVCさんの株を買い取るのだ。コミュニティ事業を切り離して売却したあとに残った会社は、いわゆるweb開発受託会社でエンジニア中心の正社員20名ほどの会社だった。

安い居酒屋で、友人であるK社長は下戸なのであまりお酒を飲まない中、真剣なのか冗談なのか分からないような口調で雑談した。

「もうITはいいわ。ITってお金必要ないじゃん。お金のレバレッジ効かないじゃん。お金調達しても結局使っちゃっただけじゃん」

「なんかもっとリアルなビジネスやろうぜ」
「例えば、飲食店とかさ。最近株式マーケットを見てると、持ち帰り弁当とか伸びてるんだよな」
「飲食店とかってさ、優秀なやついなさそうじゃん。俺たちがホンキでやったらいけるんじゃないか？」

社長のKくんは僕が新卒で入社したイマジニアの同期で、一番優秀だと思った人間である。帰りの電車がいつも一緒でいつもいろいろ教えてもらっていた。海外のインターネット事情に精通していて、いつも英語のニュースサイトを読んでいて、「こんな詳しい人が同年代にいるんだなー。早稲田には全くいなかったなー」などと思ったものであった。

自分よりどう考えても優秀だなと思っていたし、自分の知らない領域を知っている感じがしたので、僕は「まあ、優秀なやつの言うことを聞いといたほうがいっか」みたいな感覚だった。なので、楽天への会社売却も「彼が言うならやるしかねっか」という感じだし、今回のこの「飲食店がいいんじゃね？」的なノリも同じように「まあそうなのかもな」と思った。

新会社のweb開発会社のほうではまだ株主がいて自社株買いをしなければならな

いので、その会社で飲食業をやるわけにはいかず、別途会社を作ってチャレンジしようということになった。当時の最低資本金は300万だったので、一人100万ずつだして300万で有限会社を作ろうということになった。

web開発会社のほうの新社名はラテン語で「空気」という意味の「アエリア」になった。飲食店を展開する有限会社のほうは代表はスダがやってくれ、という話になった。「社名どうする?」と僕が聞くと、「スダックスでいいんじゃね?」ということだった。ラテン語でも日本語でもなかった。赤坂見附の安い居酒屋で、会社設立の意思決定が行われ、翌日から有限会社スダックスを設立するということになった。また会社設立の本を読みながら設立登記を進めることになった。

＊＊＊

飲食店は大学時代のアルバイト以来8年ぶりだ。Kくんからは「飲食経験者じゃん、いけるよ」と言われた。1990年代の大学生の頃に今はなき「森永LOVE」北千住店というファーストフード店で3年間働いたことがある。マクドナルド池袋西口公園前店でも3ヶ月ぐらい働いたことがあるし、ファミレスの「ココス」牛久店でウエイターも3ヶ月ぐらいやったことがある。

まずは「飲食店経営」という雑誌を買って、「どんな業態をやろうか」という素人ブレストをした。

株式マーケットでは持ち帰り弁当がいいらしい。共働きがスタンダードになり、雑誌にも弁当のニーズが増えるみたいなことが書いてあった。「外食」ではなく「中食」と呼ばれ、「中食ブームきたる」みたいな記事も見かけた。「オリジン弁当」という新たな業態ができ始めて、いろんなお惣菜を「量り売り」するサービスも出てきた。「健康志向」みたいなワードも出てきて、肉体労働者が求める「がっつり唐揚げ弁当」みたいなものではなく、より健康的なものも求められる、みたいなことも仮説思考で出てきた。

居酒屋業態では、和民、白木屋、養老乃瀧といった分かりやすい赤白ロゴの「チェーン居酒屋」に対抗して、和風テイストで落ち着いた内装の「東方見聞録」や「金の蔵」みたいな業態が流行り始めていた。2002年の11月である。

マクロで見ると「中食の時代」が来る。そして飲食店の歴史で見ると、コンビニ的な明るい店内・分かりやすいロゴデザインに消費者は飽き始めており、雰囲気のある内装やデザインを志向するようになってきた。都心でまだ5店舗ほどの展開だったオリジン弁当はまさにコンビニ的なデザインで展開していた。

「雰囲気のある内装でオリジン業態展開したらいけるんじゃね？」という雑駁な仮説思考ができ上がってしまった。

数日後、Ｋくんから「似た業態で成功してる店舗があるっぽいよ。１店舗で月商2000万とか行ってるみたい。見に行こうぜ」と言われ、Ｋくんの中古国産車に乗って、静岡県の沼津市にある和風テイストのお惣菜屋さんの視察にいった。高速で都内から3時間ほどの場所だったろうか。夕方5時ぐらいで確かに客はごった返していた。駅からも離れた場所にあって、「ロードサイド型のお惣菜屋さん」といった感じだった。広々と10台分くらいの駐車場があって、みんな車でお惣菜を買いにきていた。

僕らはコロッケだの唐揚げだの量り売りの惣菜だのを買って車の中で試食した。「うん、旨いな、これ」みたいなド素人な会話をした。帰りの高速で「この店を丸パクリすればいけるな、これ」という短絡的な結論を出した。

＊＊＊

「沼津の和風惣菜屋を丸パクリする」という方向性が固まった。先行しているオリジン弁当は都心のビジネスマンをターゲットにしていて、都心ビルイン型店舗で展開する方向だった。オリジンのマーケットに直接ぶつけて戦うのは厳しいと思ったので、僕らは別ルートで攻める戦略を立てた。都心ではなく郊外型のロードサイドから攻める。まさに沼津のベンチマーク店に則ったシナリオでいこうと。

これには抜けている視点があった。僕らは「飲食店のド素人」なのである。オリジン弁当は元々は飲食業をやっていた会社の新業態だった。沼津のお店も仕出し弁当などの経験者の横展開事業だった。「経験」を仕入れなければならない。

ド素人すぎて分からないことが多すぎたので、日々、インターネットで情報を検索しまくった。僕もKくんもインターネットでの検索スピードだけはいっちょ前だった。成功飲食店のインタビュー記事などを貪るように読んで、面白そうな人がいたらアポをとって会いに行った。「経験者と組む」というのが次のクリアすべきプロセスだった。

そんな中、二人のプロと仲良くなった。一人はウエキさんという方で年は50歳ぐらい、当時繁盛飲食店のプロデュースをしており、「飲食店の成功請負人」ということでテレビや雑誌などのメディアにも多く出ていた。渋谷の雑居ビルにある会社を訪問して、僕がざっと作った事業計画書を見せた。

ウエキさんは最初怪訝な表情で僕らを見定めるような目つきをしていたが、僕がプレゼンしていくと徐々に表情が綻び始めて、

「ほほー、君たちIT業界から来たんか〜。オモシロイ若者だちだなー」

とつぶやいた。僕らより20歳ほど年上のニコニコとした「面倒見のいい、おじさん」な印象だった。その後、僕らはことあるごとにウエキさんの会社に行って相談した。

「それにしても、飲食のド素人がいきなりお惣菜屋かぁ〜。お惣菜ってのは飲食業界の中でも、一番オペレーションが難しいんだよ。うーん、うーん、ちょっと難しいかもなー」

「まずは成功しやすい業態で経験を積むのがいいかもしれないな。最近は僕はラーメン店舗をいくつか成功させているんだよ。ラーメンならスープと麺で勝負できるよ」

業界のプロとしての、しごく真っ当なアドバイスだった。

もう一人のプロはイチムラさんという女性だった。僕らと同年代の20代後半で、フ

リーランスで「フードビジネス・コーディネーター」という仕事をしていた。慶應ＳＦＣを卒業してて、大手企業に勤めたけど退職して「ヤリタイコト」で起業したというタイプだった。とてもバイタリティがあってまさにベンチャー気質な感じだった。僕らにも共感した様子で、

「ぜひ、一緒にやりたい！　成功させましょう！」

とノリノリだった。

素人の僕らとしても渡りに船だった。

インターネットの検索を通じてこんな二人と知り合って巻き込むことができたなんて、「俺たち持ってるな。デキルな」とも思った。

＊＊＊

プロの真っ当な意見を聞きつつも、まだ我々素人には「判断軸」がなかったので、一旦はラーメンとお惣菜の両天秤で検討していこうということになった。ウエキさんは「君たち素人はまずはラーメンから始めるべき」という持論を曲げなかった。

「僕が手伝ったお店で修行してみるかい？　池袋に『えるびす』っていうお店があるから。とりあえず紹介しておくから、会いに行ってみなよ」

　僕らは池袋の雑居ビルを訪問しにいった。社長のデスクと打ち合わせ用の小さなテーブルが一つだけある小さな事務所だった。このお惣菜屋プロジェクトでやけに雑居ビルへの訪問が増えていた。テリー伊藤さんの潜入番組みたいな気分だった。大勝軒創業者の山岸さんを一回り若くしたような、お腹がでっぷりとした、いかにも「ラーメン店のオーナーです」というマスダさんという社長が出てきた。

　ウエキさん同様、最初は怪訝そうな表情で僕らを見つめていた。僕らが真剣に話をするうちに「こいつら悪い奴らじゃないな」と判断されたようで、

「うちで修行してってもいいよ。来週からお店に来なよ」

と言われた。

　赤坂見附アエリア社のCFOとしての仕事もあったので、週末含めて週3で池袋のえるびすに行くようになった。アエリアは10時以降にゆるゆると出社する会社だったけど、ラーメン屋の朝はとても早くて8時出社だった。

「はじめまして、スダといいます。よろしくお願いします」

若い店長さんに挨拶をした。20代中盤ぐらいで、僕の3つほど年下だったかと思う。ラーメン店では3年ほど働いているらしい。紺色の割烹着に着替え、同じ色の頭巾をかぶり、ヒザ下まである長靴に履き替えた。これがラーメン店バイトの正装だ。長靴を履いたのは小学生低学年の雨の日以来だ。

新米バイトの仕事は店頭の掃除から始まった。朝からお店の前を掃き掃除する。店の前は出勤前のサラリーマンが通りすぎる。みなスーツを着ている。僕は紺の割烹着を着て、長靴を履いて、ホウキとちりとりを持っている。他の人たちはスーツにネクタイ、革靴を「カポカポ」と音を立てて颯爽と駅に向かっている。

僕もついこの間までスーツを着ていた。西新宿、お台場、渋谷、日本橋と都内をならしたビジネスマンだった。けれど今は朝から汚れた池袋の早朝を掃き掃除するオトコになってしもうた。ふと、我に返ると、虚しい気持ちになってしまった。

「あれ？　オレって、朝からこんなホウキとちりとりを持つのがやりたかったんだっけ？」

「あれ？　オレってラーメン屋がやりたいってオトコだったたんだっけ？」

毎朝毎朝、うつむき加減に掃き掃除をするオトコ。11月を過ぎて季節はすっかり秋めいていて、朝はとても肌寒かった。もう引き返せないところに転げ落ちたような錯覚に陥った。

掃除が一通り終わると、次の雑用はダシに使う鰹節やらアゴだしやら、とにかく乾燥した魚をクルミ割り器みたいなものでひたすら砕くという作業だった。毎日毎日バケツ1杯分を無心にバキバキと割る作業だ。毎日バキバキ割った。とにかく乾燥した魚をバキバキと1時間無心で作業する。

「あれ？　毎日毎日、鰹節をバキバキ割るのが、オレの夢だったんだっけ？」

お店はカウンター15席ほどの大きさで、スタッフは三人で回していた。下っ端の僕は主に洗い場を担当し、ひたすらラーメンのどんぶりを洗う日々だった。

「あれ？　オレってどんぶりを洗うのが好きなんだっけ？」
「あれ？　今、29歳だから、20代の最後のビジネスが皿洗いになってないか、これ？」
「あれ？　オレってこないだまでソフトバンク子会社の上場企業部長とかじゃなかっ

たっけか？」

スタッフは20歳前後のフリーターか大学生だった。みなバイト歴も長く、洗い場などはとっくに卒業していて、麺を茹でたり、メンマをトッピングしてたり「上流工程」を任されている感じだった。僕はハタチ前後のフリーターらしき人に「おい、このどんぶり、まだちょっと汚れんじゃねーかよ、洗い直せよ」などと叱責を受けた。

「あれ？　オレ、フリーターに怒られるために生まれてきたんだっけ？」

＊＊＊

池袋ラーメン店でのインターンと並行して、店舗物件を探す旅をしなければならなかった。関東近郊の「ロードサイド店」というコンセプトは固まっていたので、茨城県牛久市出身の僕と千葉県流山出身のKくんの議論では「国道6号沿いとか国道16号沿いみたいなとこがいいかもね」などとざっくりとしたイメージをすり合わせていた。

ネットで地場の不動産屋を検索して、よさげな店舗があったら見に行った。なるべく駅から離れた方がいいってことで、Ｋくんのオンボロ中古車で店舗探しの旅に出かける日々になった。いっちょまえに各市の人口データなども参照し、また、競合店舗の店舗所在地データも全部引っ張ってきた。候補物件リストは２００ほどあり、実際に視察したのはその半分ぐらいだったろうか（のちに、こんな市場分析っぽいことは全く意味がないことになるのは知る由もない）。

埼玉県さいたま市、岩槻市、狭山市、上尾市、川越市、越谷市、桶川市、加須市、入間市、飯能市、所沢市、坂戸市、草加市。

千葉県成田市、佐倉市、市原市、四街道市、習志野市、八千代市。

いずれの場所も個人的には全く行ったことのない地域だった。全くの土地鑑のない住所データを眺め、現地に視察しに行くという日々が続いた。ラーメン屋バイトと同様に地場の不動産屋さんとの会話も初体験だった。１００店舗ぐらい視察したけど、正直、何がいいんだかよく分からなかった。ヤルことだけは決めてしまっていたので、「そろそろ決めねーとな」という感覚に陥った。

千葉県市原市。最寄り駅は内房線の五井駅。都心までの距離は僕のふるさと茨城県牛久に近いものがある。駅前のロータリー周辺には小さなチェーン店舗がいくつかある程度で、人も少ない。デパートやおしゃれなお店はない。都心に通う人と地元で働く人が融合する、近郊地域特有の寂れた雰囲気があった。

店舗の場所は駅から離れており、海岸方面に3kmほどいったところの工業地帯近くだった。車の助手席から町並みを必死に観察する。この街で勝負できるかどうか。行き交う車の運転する人の表情をチェックする。駅前は僕の生まれ育った牛久に近いものがあったが、茨城県牛久よりも現地での経済圏が成り立っているような雰囲気を感じた。工場地帯が広がっていて、労働者が多く存在し、その家族が近くに住んでいるような、シムシティのゲーム画面をイメージした。

店舗の目の前に「アピタ」という駐車場100台以上停まれそうなスーパーがあった。

僕らは夕方頃に店の前の交通量を調べた。競合分析がてらアピタで買った惣菜を頬張りながら、車の中で夕方に通る車を一台一台カウントしていった。

「まあまあ、車通るなここ」

通る車の数×入店率×客単価みたいな計算式も作らずに、100店舗ぐらい視察しての相対評価で「まー、ここでいっか」みたいな決め方だった。茶番劇のような安易な交通調査だったけど、僕は真剣だった。なんせ、人生かかってるので。

＊＊＊

物件は決めたので、あとは内装外装の工事や借入などの資金調達、メニューの作成等を早急に進めなければならない。

素人の僕らとしてはプロのウエキさんに乗っかるしかなかったので、ウエキさんに内外装の見積もりを依頼した。ウエキさんはまだやはり「惣菜屋は難しいので、まずはラーメン屋で小さな成功をしなさい」という見解だった。

内外装の見積もりが2000万近くで結構な金額だった。Kくんと一緒に事務所に行って見積もりについての話を聞いた。先方は真摯に「これぐらいかかるもんだよ」みたいなトークをしたけど、既にKくんはキレてしまっていた。「ウエキさんって怪しいな。もう切ろうぜ。ほかの業者あたってみよう」ってことになり、またゼロから業者選定をすることになった。

2ヶ月にわたる僕のラーメン屋の修行も撤収し、「やっぱり、俺たちの当初プラン通り惣菜屋で行こう」ってことになった。ピボット（大きな方向転換）だ。僕は前職でも振り回されることには慣れていたので、急ハンドルを切ってまた違う方向にフルスロットルでアクセルを踏むことにした。

「惣菜屋」のオペレーションが全く分からなかったので、バイト求人雑誌を買って、北千住にあるチェーン系惣菜屋でバイトをすることにした。並行して内外装工事の準備も進めていて、オープンまであと2ヶ月ぐらいに迫っていた。そこのチェーン店はほとんどがセントラルキッチンで作られてたやつを温めてただけなので、僕らの手作り惣菜屋と比べると全然楽なはずだけど、それでもキッチンで弁当やら惣菜を作るのはとても大変で、先が思いやられる感じがした。

工事業者も何社かから見積もりをとって、業者選定して発注に踏み切り、着々と出店準備が進んだ。足立区綾瀬6万円のアパートを引き払い、北千住でやっていたバイトも1ヶ月足らずでフェイドアウトし、千葉県市原市に月4万円のアパートを借りてそこに引っ越した。

事業計画を作り、金融公庫から3000万ほど借りた。地元のフリーペーパーに求人を出して、料理長を探すことになった。そう、まだ素人の文系若者がエクセルでメニュー案とかを考えてる程度で、そもそも「それ、作れるの？」っていう状態だった。インターネット業界だと、エンジニアがいないくせにプロダクト案だけいっちょ前な危険なスタートアップ状態だった。

無料の求人広告で調理師免許を持った経験者からの応募があった。歳は60代前半ぐらいだったろうか。ラーメン屋えるびすのオーナーさんよりもぷっくりと太っていて、昔の笑点の大喜利司会者の三波伸介さんみたいな人だった。

「僕はずっと和食中心の日本料理ばかりやっていましたけど、家庭向けのお惣菜も興味持ちました。今回のスダさんたちのプランに残りの人生を懸けたいと思います。死ぬ気でやります！」

とても熱い人だった。スタートアップ向きである。ナカバヤシさんという方だった。

「何かちょうどいい人材から応募来たな。俺たち持ってるかもな」なんて、またしても、自分の都合のいいように勘違いしたものである。

小さいながら陣営が整い始めた。実質ビジネスオーナーのKくん、COO（執行責任者）の僕に、料理責任者のナカバヤシさん、フードコンサルのイチムラさん。4人で市原市の喫茶店で店舗デザインや什器の仕入、メニュー設計などを詰めていく日々だった。特に厨房の作り方やメニューについては、料理人のナカバヤシさんとコンサルのイチムラさんの意見がぶつかるシーンが多くなっていった。明らかにお互いを忌み嫌い始めた。

「あんな若い女に何が分かるんだ、何もやったことないだろう！」（ナカバヤシ）
「あのオジサンのセンスじゃ、絶対に流行りのお店は作れないですよ！」（イチムラ）

まだオープンもしていないのに、小さなセカイでの小競り合いが始まるのは、どんな業態のどんなスタートアップでも起きることなのだろう。

両方の言うことはそれぞれが正しくてもっともだった。ただ、コンサルのイチムラさんは週1ミーティングのみの契約で、ナカバヤシさんはフルコミット社員。僕らはナカバヤシさんを優遇せざるを得なかった。イチムラさんとは契約を打ち切ることになった。

＊＊＊

お店と僕の4万円アパートは目と鼻の先にあったが、ＪＲ五井駅から徒歩30分ぐらいかかる場所で、移動には「車」が必要だった。ここでも先輩から強引に買わされた「4ＷＤ八郎サーフ」が活躍するかもしれない。八郎サーフは実家の駐車場に置きっぱなしだった。

僕は実家の父に電話をし、「今度千葉でお店をやることになったから、実家に置いてあるサーフ使うわ」と言ったら、

「あ？　あれかぁ〜。あれ駐車場代かかるからさ、売ったよ。全然乗ってないから〜もったいないないから〜」

半年ぐらいは放置していたのかもしれない。親戚のオジサン経由で勝手に海外へ売り飛ばされてしまい、「お前のサーフは今頃アフリカの大地を走っているぞ！」などと父は得意気にしゃべっていた。ＢＯØＷＹのＣＤが全部揃っている『ＢＯØＷＹコンプリート』ってのが車中にあったはずなんだけど、それごと売っぱらわれていた。

「ああ、車がないとあの地で仕事にならん。マズイ……」

父に千葉で「惣菜屋」をやることを説明した。

こないだまでソフトバンクで働いていた息子が、いつの間にか「惣菜屋」をやると言っている。学費の高い東京の私立大学にいかせたと思ったら、学歴もなんら関係のない、飲食店をやるなどと言い出している。

父も20代からフリーランスな人間だったので、僕の奇行には大して驚いた様子はなかった。足立区綾瀬に引っ越したときのように何か息子のために一肌ぬいでやらなくては、と感じたのかもしれない。


数日後、父から電話があった。

「車、手に入れたから、すぐ来い」

父が「仕入れた」という車はご近所の酒屋さん「タマノ酒店」で配達用で使われていた車だった。僕が小さい頃から近所で見かけた、酒屋の配達バンだった。

「安く譲ってくれるみたいだから」

ずんぐりむっくりな長方形をしていて、薄緑の奇妙な色で、海外のおもちゃみたいな車だった。スバルサンバーディアスワゴンクラシックという車種だった。どうぶつの森ポケットキャンプに出てくるようなバンだった。モテるために買わされた四駆サーフが、モテとは正反対な「酒屋の配達バン」に変わってしまった。僕はこの「酒屋バン」で見知らぬ土地を疾走することになる。

「あれ？　オレって酒屋のバンに乗りたかったんだっけ？　まだ独身でカッコつけたい年頃なのに」

転げ落ちるように、どんどんカッコ悪くなっていくのは、気のせいだろうか。

＊＊＊

お惣菜「好き味や」

「すきみや」と読む。

2003年5月にお店は無事オープンした。

事前にソフトバンク時代の先輩たちに知らせておいたので、店頭にはたくさんの開店祝いの花が飾られた。

千葉の片田舎のロードサイド店舗としては、華々しいデビューだった。

午前11時のオープンと同時に、物珍しさがあってお客さんがドンドン入ってきた。レジはあっという間に行列になった。量り売り対応の最新レジの操作も初めてだったので大変だった。

「ナカバヤシさんー！　唐揚げ売れ切れました！　至急、追加お願いしますー!!」

とにかくてんやわんやだった。僕は紺の割烹着を着て、「店長」としてレジや厨房や買い出しやら縦横無尽に一日中駆けずり回っていた。酒屋バンも初日から活躍し、途中で銀行に両替に行ったり、足りないものの買い出しにいったり、昼休みもなく、夜の8時まで動きっぱなしだった。

初日は盛況に終わった。汗だくになり、一日中の立ち仕事でものすごく疲れた。でもこれは一過性のイベントではなくて、「毎日」のオペレーションになるのだ。

「こりゃ、体力持つかな……」と不安になった。


そんな僕の不安は杞憂《きゆう》だった。


忙しいのは最初の1週間だけだった。

初日20万円ほどの売上だったが、日に日に10％ずつぐらい下がっていき、1週間後には日商7万円になった。1ヶ月後には5万円ぐらいになった。クソゲーソーシャルゲームみたいな減衰率だった。

初期のソフトバンクの経営メソッドにならってか、僕はエクセルで「日次決算」をしていた。時間ごと売上、客単価、天候要素、曜日分析など、色んな角度から数値分析をしていた。実質オーナーであるKくんに日次報告し、フィードバックをもらっていた。

「初期の赤字は気にせずに、コツコツ改善していこう」

リモートでアドバイスをもらいつつ、現場責任者の僕は、店舗が好転するために工夫を図った。店内の照明を明るくしてみた。大きな看板を立てる追加投資をした。チラシを撒いた。お客さんにアンケートをとった。値下げしてみた。パートのお母さんたちとも定期的にミーティングをした。店の前でイベントをやろうということになり、街の太鼓サークルの人に頭を下げて太鼓イベントをやってもらった。

スベっていた。焼け石に水だった。

アクションがカイゼンに繋がらない。下手にエクセルができるようになったから、日次決算とかしてしまうと、余計に毎日「赤字」を認識することになる。毎日▲5万円ぐらい赤字だった。毎日、毎日、エクセルの赤字が顔面にジャブを食らうように少しずつ脳にダメージを蓄積させていく。

日次決算で毎日赤字に直面し、僕の「いらっしゃいませ」の声は日に日に覇気がなくなっていった。

週に一日休みはもらっていたが、休みの日も必ずお店に一回は顔を出していて、休息にはならなかった。近くに友達もいないし、店舗を見に行くか洗濯掃除をするぐらいしかやることがなかった。ホワイトカラー時代、何度も徹夜して働いていたので体力には自信があったけど、毎日の立ち仕事は予想以上に辛かった。閉店後に余ったお惣菜が食べ放題だったのだが、3ヶ月で8kgほど痩せた。何をしても売上が変わらないことが分かると、コスト削減することになり、パートの人たちのシフトを削り、なるべく僕と料理長のナカバヤシさんでオペを回さなければならなくなった。

田舎の夜は本当に暗い。

20時すぎに閉店業務をする時間帯はあたりも真っ暗で、うちの「好き味や」だけが薄明かりをともしていた。蛍光灯がこうこうとしているオリジン弁当の店内とは差別化するために、落ち着いた「和」の雰囲気を出そうと、柔らかい橙色の明かりをベースにした店内であったが、これがまた閉店間際の心の寂しさを助長することになるとは知る由もなかった。

レジを閉め、レシートを印刷してそれをエクセルに入力すると、毎日毎日赤字。毎日、立ちっぱなしで働いても▲5万円。「東京で一日豪遊して飲み歩いているのと同じパフォーマンスだな。遊んでるのと一緒だな」と鬱な気分でうなだれた。気分が陰鬱とするものの、「接客業」なのでお店ではニコニコしていなければならなかった。

数は少ないけれど常連のお客さんもいた。パートのお母さんには、オジサン土木作業員の常連さんがついた。

一方で僕のお得意さんは売上に繋がらない、保育園や小学校低学年の子供たちだった。パートのお母さんたちはほとんど子持ちだった。その子たちが学校帰りや週末にお店に遊びに来るようになった。紺の割烹着を着た20代後半の東京からきたオトコが珍しかったのだろう。店頭で毎日毎日「いらっしゃいませ〜。ありがとうございました〜」を連呼していて、歌のお兄さん的に見えていたのかもしれない。非モテの茨城のシャイボーイが人生で最もモテた時代だったかもしれない。見知らぬ土地の千葉県市原市にて、5～10歳の女児たちから「須田さん、須田さん。テンチョー、テンチョー」などと呼ばれて。僕のモテストーリーは「紀州のドン・ファン」をパクって「房総のテンチョー」からスタートするかもしれない。

＊＊＊

月1回店舗を視察に来るKくんは日に日にやつれていく僕を見て、ソリューションを出そうとアドバイスした。

「現場はナカバヤシさんたちに任せようよ。スダポンは店舗に立たないほうがいいよ」

「それよりも、今、株式市場が熱いぜ。株のトレードをやってリカバリしない？」

僕が現場を離れると、追加でパートさんの人件費がかさみ赤字が膨らむ一方だった。とは言え、Kくんについては知り合った頃から「賢いな」と思っていたので、基本、言う通りにした方がいいかとも思っていた。僕の典型的な「流され思考」である。のし泳法である。

厨房がメインの料理長だったナカバヤシさんにレジ打ちも覚えてもらうようにした。ナカバヤシさん、

「店舗経営が厳しいのは分かってるので、なんでもやりますよ」

と、とても前向きだった。メールも覚えたいということで、ノートパソコンを個人で購入して、僕らとのメールでのコミュニケーションも覚えたいということだった。

オープンしてからほぼ休むことなく3ヶ月が経過し、売上が平行線で低迷する中、僕は午前中は家で株のトレードを行い、午後に店舗に出勤するということになった。テンチョー兼トレーダーである。株については、ちょうどネット証券が出始めた頃で、前職のソフトバンク時代にマネックス証券とイー・トレード証券の口座開設だけはやっていて、お小遣いで少し買っていたりもしていた。

ただし、投資については全くの素人で、聞いたことある会社を何となく選び、5銘柄ほど買っては全てが含み損を抱えていた。ゲームが好きだったので「コーエー」、大学の友達が行ってるので「日テレ」、名前が近いので「シダックス」、ハムが好きなので「プリマハム」とかの銘柄をテキトーに買って激しく全損していた。

この株式トレードで挽回しないと、お惣菜屋の損失はカバーできない。毎日、毎日、数万円の損失をしているのだ。金融公庫から借金をしていて、保証人は社長である僕だ。日々、身体を削られるような想いをしていたので、「なんとかしなければ」と必死だった。

そんなに貯金がなかったので、初めて「信用口座」というものを開いた。よくKくんも「レバレッジ、レバレッジ」と言っていたので、レバレッジをかけないと大きく勝つことはできないと思った。

朝6時に起きてスカパーのブルームバーグチャンネルを見て、9時からのトレードに臨むというルーチンを始めた。ニュースは何を言ってるのかさっぱり分からなかったが、とにかくブルームバーグを流しながら、イー・トレード証券の画面を見るという日々が続いた。株式取引の「板」や「チャート」の見方も良く分からなかったし、時価総額やPER、PBRとかも全然知らなかった。

ブルームバーグとイー・トレードの画面を見て勉強していても始まらない。赤字は毎日積み上がる。このままでは沈みゆく船もろともに溺れてしまう。そろそろ「男の勝負」をかけるときが近づいてきた。そう、これは絶体絶命のときに人生を好転させるための「男の勝負」だ。オトコたるもの勝負しなければならない。

チマチマ勉強していてもしょうがない。僕は勝負に出た。前の会社でソフトバンクと光通信のジョイントベンチャーの立ち上げ経験があり、光通信の人たちは朝から晩までメチャクチャ働いていてスゴいと感じていた。

「光通信さんならやってくれるかもしれない。よし、オトコの勝負や！　ゾス！」

初めて信用口座でレバレッジをかけて光通信株を買ってみた。ほぼ、全力買いだった。午前のトレードを終えて、午後に惣菜屋に出ると、何とかナカバヤシさんとパートの方たちだけで午前中は回せているようだった。お客さんが少ないので、回せるもへったくれもなかった。ランチタイムだけ少しお客さんが来るという惨々たるさまだった。

＊＊＊

その後、光通信はストップ安が続いた。

イー・トレード証券の画面には見たことのないマイナス金額が表示された。惣菜屋の日次エクセルの赤字と比にならないぐらいの赤字だった。

「惣菜屋の損失を取り返さねば」という思いで、藁《わら》をもつかむ思いでトレードをやってみたが、そのパソコン上に表示されている赤字のマイナス金額は僕の想像を越えたものであり、サラリーマン生活6年半の貯金がほぼ全てなくなってしまうものだった。

「やってもうた……人生オワタ……」

僕の頭のなかで何かが壊れた音がした。

29歳。まさかの何の縁のゆかりもない、千葉県市原市という場所の、安いアパートの一室にて、僕の人生は終了を迎えた。せめて、自分の生まれた家で死にたかった。病院ではなくて自宅で亡くなりたいという老人の気持ちが分かった。

20代という、何とも人生の序盤でのゲームオーバーであった。まだ、レベル上げで経験値をためている最中で、どっかの塔の上の中ボスすら倒してないところでのゲームオーバーだ。

僕の頭の中で家族が写っている写真が思い浮かんだ。
僕と奥さんと子供が写っていた。

子供はまだ小さくて抱っこされていた。1歳半ぐらいだろうか。
僕はいずれ家族を持ちたいと思っていたのだろう。独身でまだ家庭を持つ見込みはなかったけれど、そんなあるべき未来の写真がぼんやりと頭に浮かんだ。

その思い浮かんだ写真がほんの数秒ほどで、バラバラに崩れ去る映像が浮かんだ。
その映像はものすごく鮮明だった。自分の目を通じて絵で見えているのか、いや、目は確かにイー・トレードの画面を見ていて、赤々としたマイナス金額を見つめているのだけど、目ではない視覚で鮮明な映像を見ているようだった。

スローモーションであり、かつ、一瞬であり、かつ、決して元に戻ることのできない崩れ方で、10cm単位の長方形ポートレートが100分割ぐらいに細かく壊れてしまった映像だった。

僕の人生が終わってしまい、もう君は結婚や家庭を持つことができないという、神からの暗喩に思えた。

そんな人生で受けたことのない脳へのダメージを受けたまま、午前の株式市場が終了した。午後には店舗に行かなければならない。脳に致命的なダメージを受けたまま、午後は惣菜屋の店頭に立って笑顔で「いらっしゃいませ」「ありがとうございました」を言わなければならなかった。あのとき、僕は本当に笑えていたのだろうか。いや、確実に顔は歪んでいたと思う。

そんな最中、午後の休憩中にパートのお母さんから「ちょっとご相談があるのですが、休憩中に少しお話できませんか？」とメールが来た。

ナカバヤシさんからのセクハラに困っているという内容だった。

日々の赤字に苦悶している間に、店長代理のナカバヤシさんは僕の目を盗んでパートの女性に手を出そうとしていた。

20代の僕にとっては、子持ちのパートのお母さんたちは「恋愛対象外」という感覚であったが、60代のナカバヤシさんにとってはストライクゾーンだったのかもしれない。接客業だったので、小綺麗な主婦の方々を採用していた。「小泉今日子似」のバツイチ子供二人のお母さんがナカバヤシさんに付きまとわれているとのことだった。積極的に告白されているとのことだった。ナカバヤシさんはもちろん既婚者で、お子さんも僕と近しい年頃だった。

ただでさえ惣菜屋の赤字、デイトレーダーの赤字が重なっていたところにきての「セクハラ疑惑騒動」。人生経験の少ない20代テンチョーの僕には抱えきれない課題だった。自分の父親に近いとも言える、60代店長代理に何を言えばいいのだろうか？「セクハラ、困ってるみたいです。やめてください。仕事に集中してください」とでも言えばいいのだろうか。

店舗赤字×デイトレ赤字×セクハラ＝⁉

「この世の果て」だった。

＊＊＊

拝啓　平素より皆様方には格別のご支援を賜り誠に有難うございます。

さて、このたび、「好き味や」（住所：千葉県市原市五井西5-12-7　TEL：0436-20-0141）は11月24日をもちまして、閉店することとなりました。

今年の6月19日のオープンから現在に至るまで、弊店の運営にあたりましていろいろとご協力頂きまして誠に有難うございました。

皆様方の今後のご発展を心より祈念いたしております。

敬具

千葉県市原市で華々しくオープンした惣菜屋「好き味や」は、ほんの5ヶ月ほどで閉店した。

このプロジェクトで僕一人が作った資料は200ファイル以上あった。

いろんなことがありすぎて、トレードロス&セクハラ騒動からの閉店までのオペレーションの記憶があまりないが、今でも明確に記憶に残っているシーンがいくつかある。

夜9時を過ぎて一人で誰もいない薄暗い店舗で、その日の日次売上をチェックするためにレシートを「ガガガ、ガガガ」と出力する音だけが響く中、カウンターの前で弱り始めた生き物のようにぼんやりと座っていた。近隣の店舗は皆シャッターが閉じられて、あたりは侘しい「夜の闇」に包まれていた。

8日目の蝉が弱々しく木を見上げるように、僕は一人ぽつんと、アピタで仕入れた安い丸椅子に座って、和風調のお店の天井を見上げた。こげ茶色した太い柱が何本かあった。「オリジン弁当みたいな明るい店舗じゃなくてシックな和風調がいい」と言って、選んだこげ茶色の柱がとても悲しく見え、自分のはかない命を実感する夏の昆虫の気持ちになった。

「何が和風調だよ……オレはバカだった……」

その太い柱に縄などをくくりつけてみて、その縄に首をかけてぶら下がるオトコの映像が思い浮かんだ。

30歳の男性が見知らぬ土地で、謎の和風調お惣菜屋にて、借金を抱えて不採算を理由に。この30歳店長は店の不採算のみならず、トレードでも大損した模様で、店舗内でのセクハラ騒動にも気をもんでいたようだった、そうな。

NNNニュースなどで流れたりするのだろうか。ちっぽけな街で起きた小さな事件すぎて、放送されないかもしれない。

1992年の野島伸司脚本ドラマ『愛という名のもとに』のチョロを思い出した。

＊＊＊

「テンチョー、今度、娘たちと花火してくれませんか？」

夏休みが終わろうとしていた。小さな組織でパートさんたちのご機嫌をとるのも、テンチョーの仕事だ。僕の仕事休みの日に合わせて、近くの公園で子供たちを集めて花火をしたいらしい。僕は「いらっしゃいませ〜」な歌のお兄さんとして招待された。

子供たちは屈託のない笑顔をいつも見せていた。

顔が歪み、日々赤字に疲弊した僕にとって、子供たちの笑顔が心の「オアシス」になっていた。小さな公園での花火は僕にとっても夏休み最後の思い出になりそうだ。

パートのお母さんとその子供たちで10人ほど集まった。社会人になってから仕事ばかりの人生だったので、10年ぶりの花火だった。

子供たちはみんな元気にはしゃいでいた。僕は子供たちの笑顔に寄せていくように、歪んだ顔をほぐしていった。


「スダさん、ワタシの花火に火つけてよ！」

「スダさん、早く大きい花火やろうよ！」

「スダさん、一緒に花火持ってよ！」


惣菜屋「好き味や」が終焉を迎えていることを知っているのは僕だけだった。僕だけが「この世の果て」にたどり着いていた。今、この瞬間は小さな公園の内側でみんなと同じ時間を過ごしているはずのに、僕だけ違うセカイに存在しているようだった。

小さい輪を作ってみんなが花火を持って、振り回し始めた。花火の光がゆっくりとスローモーションに見える。光の残像が小さな円を描く。川に小石を投げたときにできる波の円のように、僕の心の中にいくつもの小さな円が描かれるようだった。一つ一つの小さな円が僕を「この世の果て」から現実のセカイに揺り戻してくれるようだった。

最後はお決まりの線香花火。何なのだろう、この線香花火の悲しき演出は。華々しく光を放っていたと思ったら、少しずつ弱くなる。弱くなったと思ったら、また派手に光を放つ。その派手さは一瞬で、また弱っていき、最後にボトリと光の玉は地面に落ちる。

「好き味や」もオープン時は、店頭にたくさんの生花が飾られて華々しくデビューした。徐々に売上が下がり、その光は弱くなっていった。復活させようと店頭で和太鼓を鳴らしたりしてまた派手に光を放ったが、すぐに消沈した。まさに地面にボトリと落ちる寸前のそのオレンジ色の光の玉そのものだった。

線香花火の光は地面に落ちた後、自ら光るチカラをなくし、真っ暗な公園の地面と同化して消えていった。その炭の玉と自分の頭が同化しているような錯覚に陥った。僕はもうすぐ地面にボトリと落ちる。

時間が止まってしまったようだった。子供たちの笑顔も視覚には入らなくなった。地面に落ちた線香花火の小さな炭だけがそこにあり、その炭が一瞬にしてビッグバンのようにセカイ全体を覆っていくようだった。

「スダさん、今度、アピタでプリクラ一緒にとってよ！」

小学生のはるなちゃんと保育園児のめぐちゃんに声をかけられた。

僕は「この世の果て」から現実のセカイに戻ってきた。

＊＊＊

「好き味や」は閉店した。有限会社スダックスには僕が連帯保証した3000万ほどの借金と、ほぼ同額の累積損失だけが残った。

市原市のアパートを引き払って、再び東京に戻るしかない。僕は引っ越し業者さんのトラック助手席に乗って、東京湾沿いを流れるように戻った。落ち武者が敗走するような気分で、車窓から工業地帯を眺めた。

東京に戻って、再び友人Kくんの経営するIT企業の役員として従事することになった。半年ほど千葉県の片田舎で生活をしていると、僕の脳はすっかり変わってしまった。「いらっしゃいませぇ〜」「ありがとうございましたぁ〜」以外の言葉を発する機会がなく、仕事の会話すら苦労する始末。
都内に戻った僕は目の死んだ落ち武者だった。借金が頭の中から離れることはなく、毎日毎日「ヤバイヤバイ」と脳内でつぶやく日々だった。自律神経失調症だった。絶望の中、何とか生き延びる乞食のような思考だった。

「最近、カカクコムって会社が上場したんだけど、うちでも頑張れば上場できるかもね」

Kくんの発言により、上場準備をすることになった。僕は前回の惣菜屋の失敗で学習していたので「まあ、また無理だろう」と思い、僕自身が復活できるような他のプランも自分で練り始めた。2003年冬。ブログやメルマガで個人が情報発信することがトレンドになり始めていた。自分の得意分野で情報発信するとビジネスになるかも、という雰囲気があり、僕は仕事術のメルマガを発行することにした。
『ビジネスを10倍ブレイクさせるPCBコマンダー登竜門』という、驚愕すぎるダサいネーミングのメルマガだったが、出版社から早々に声がかかって書籍化することになった。『ショートカットキー活用事典 ～ビジネスが10倍速くなる!～』という、クソダサいタイトルの本ができ上がった。2005年3月に出版されたが、全く売れなかった。

一方で、自分が絶対に無理と思っていた株式上場が2004年12月に実現した。

千葉県市原市で戦いに敗れた落ち武者は、何とか生き延びて、自分の読みは外れ続けたものの、仕事面での人生チャートはわずか1年で急上昇した。全く予想だにしないジェットコースターであった。ただただ人に言われるがまま流されてきた結果、乞食風な落ち武者となったが、ナニモノかに助けられた。

このナニモノというのはもしかしたら「神様」かもしれない。無宗教だけど、ふと思った。神様がシムシティっていうゲームをやってて、ニッポンっていうマップの、千葉県市原市って地域にいる、ピコピコと弱り果てた瀕死の31歳独身落ち武者に気づいて、「さすがに可哀そうだなこいつ」って思われて、ベホイミだかベホマをかけてくれたのかもしれない。

二度目の大失恋

仕事の波と恋愛の波はいつも複雑な交差を繰り広げながら、僕を苦しめる。

足立区綾瀬のボロアパート時代に話を戻そう。まだ大学生だった6歳年下のカノジョ（サトミ）に仕事の愚痴なんて言えなかった。就職活動を迎えるカノジョに、僕の濁流に飲まれるような社畜ノンフィクションなんて語ったところで「あー、社会人って辛そう……やだやだ」なんて思われても困る。

東京は駐車場代が異様に高かったので、八郎サーフは実家に置いてきた。週末はドライブデートから綾瀬のオンボロアパートがベースになった。サトミはマミちゃんと違って、お酒も飲めたので、二人で綾瀬駅前の居酒屋やカラオケに行ったりもした。

順調に付き合って1年が経った。サトミが就職活動に入り忙しくなってきた。それと同時に僕もYahoo！ BBという過酷なプロジェクトにアサインされたので、お互い会う時間がなくなってきた。

1ヶ月ぶりに会ったとき、サトミは情緒不安定で、初めて僕のアパートで泣いた。カノジョも僕の大学時代と同様、自己アピールに苦しむ学生生活だった。サークルは辞めてるし、バイトもどっかの料理屋でホールスタッフをやっていた程度で、僕との恋愛がメインという、まさに僕の大学時代と似たような状態だった。自己PRやらヤリタイコト探しなどなど、自分の将来で悩んでいた。ボロアパートのうす汚い柱に寄りかかって、体育座りをする格好で泣いていた。

一方で僕の仕事も佳境を極めた。数日前にカノジョが泣いたときに寄りかかっていた、うす汚い柱のそばで、まるで就活に悩むカノジョの生き霊が乗り移ったかのように、突然、意識が朦朧《もうろう》とすることもあった。

だけど「今度は千葉県でお惣菜屋をやる」ってことになると、綾瀬のアパートを引き払うことになるし、事前に伝えておかねばならない。

「え？　お惣菜屋サンやるの〜？　千葉に行くの？　すごいね！　社会人ってよく分からないね」

カノジョにとっては、ソフトバンクにいたと思ったら、友達のＩＴ会社を手伝うことになり、その2ヶ月後には「俺、惣菜屋やることになった」という展開は、「勢いのあるオモロイ社会人カレシ」みたいな印象ぐらいなのだろうか。想像以上に軽いリアクションだった。

大学4年となったサトミは無事、大手化学メーカーに内定した。社会人の僕と付き合ったこともあって、オトナとの当たり障りのない会話は十分上手だったし、愛嬌あるキャラクターだったので、何とか内定が取れたみたいだ。

3ヶ月の新人研修を終えて、配属先が名古屋の工場になった。ちょうどいいタイミングで僕も千葉県市原市に単身で引っ越すことになった。奇しくも二人揃って新天地でのスタートとなった。こういったタイミングも何となく「お互い相性がいいんだな」と感じた。2年半ほど付き合っていた僕らはこうして、千葉県市原市と愛知県名古屋市の遠距離恋愛をスタートさせた。

カノジョが名古屋に引っ越す前に、一度だけ僕の市原市のアパートに遊びに来た。いつもドライブデートで乗っていた4WDサーフが酒屋のバンに変わってしまっていたことに、カノジョは満面の笑みとは程遠い「ややウケ」な表情を浮かべた。

「綾瀬より全然広くてキレイだね〜。これで月4万円なの？　千葉って安くていいね〜」

2階建てアパートの2階の部屋で、キッチン、リビング、和室があって一人暮らしの割には広々としていた。土浦のマミちゃんの部屋を思い出した。田舎のアパートの間取りなんて大体同じものなのだろう。窓を開けると2階のわりには見渡しがよく、近くの住宅街と広い空が広がっていて、夕日もきれいに見えた。階段は相変わらず「カンカンカンカン」と音をたてる鉄製階段だったけど、綾瀬時代よりも音の響きが良く感じられるのは、広い空と同様、都会よりも空気がキレイだったからかもしれない。

JR五井駅からはバスで15分ほど東京湾に近づいた場所で、近くには石油工場やら化学工場やらが軒並み並んでいて、まさに小学校時代に習った「京葉工業地帯」そのものだった。茨城県と千葉県は「チバラキ」なんて揶揄されて、関東近郊の田舎県として共通点が多いコンビ扱いされることも多かったけど、JR常磐線沿いの柏や松戸しか知らない僕らにとって、東京湾に面した「工業地帯」というのは全くの別世界だった。

茨城県県南地区も精密機械やカップラーメン工場、清涼飲料水工場、胃薬工場など多くの工場があって、社会科見学で行ったり、工場の近くを自転車で通ったりすることは多かったけど、この「工場地帯」にあるような石油とか化学ってのは何ともグレードが違う感じがしたし、街全体も少し石油の匂いがする感じだった。石油工場や化学工場ではどんな人が働いているのか、全く想像できなかった。

街全体に「重工業感」があり、スーパーやコンビニですれ違う人たちはみな何らかの化学記号をまとったようにも見えて、多くの主婦や子供たちもその遺伝子に化学記号が色濃く反映しているように思えた。完全にイセカイ（異世界）である。

そんなイセカイな街の真ん中に要塞のように聳え立つスーパー「アピタ」で買い物をして、引っ越し祝いのような宴を行った。お店もまだオープンしておらず、心身ともにやつれる前だったのが良かった。開店後はカノジョも名古屋に引っ越してしまい、会うのは2ヶ月に1回のペースになった。「多忙な仕事と遠距離恋愛」は逆にバランスがいいかもしれない。新天地での仕事が忙しく、お互いの不満が出ないし、変なすれ違い感はなかった。

お惣菜屋が半年程度で潰れて、杉並区の新高円寺に引っ越してからは、僕自身も少し時間の余裕ができた（とは言っても精神状態は最悪だったが）。僕が新幹線で名古屋に行くことが多くなった。「新幹線でカノジョに会いに行く」行為は何か80年代のJR東海の「シンデレラ・エクスプレス」のCMのような感じで、「俺って遠距離恋愛してるぜ」感満載だ。

名古屋も初めてだった。繁華街である「栄《さかえ》」に行って名古屋名物の「世界の山ちゃん」や「矢場とん」「味噌煮込みうどん」「ひつまぶし」といった「名古屋めし」を堪能する。20代後半から徐々にB級グルメに傾倒していった僕にとっていい気晴らしになった。

また、カノジョの一人暮らし宅に通うという行為そのものも、土浦マミちゃん初期以来の7年ぶり2回目で、萌えるものがあった。名古屋駅から名鉄線で7駅ほど港方面に下ったところにある「大同町」という場所で、工場地帯と住宅地帯が隣接している古めかしい集合住宅地区だった。奇しくも京葉工業地帯に続いての、中京工業地帯である。
東京でもたまに見かける昭和に建てられた「集合住宅」は、綾瀬のボロアパートとはまた違った古臭さが感じられ、昭和の恋愛映画にタイムスリップしたような感覚だった。ホーロータイプの古いお風呂は何かハンドルのようなものをぐるぐる回して沸かすものだった。和室のリビングはこたつが似合う部屋で、テレビは愛知ローカルの番組が常に流れていた。

生まれてから茨城県に26年間住み、社会人4年目に初めて東京都足立区綾瀬のアパートで一人暮らしデビューをした。不眠不休でのデジタルクラブ、Ｙａｈｏｏ！ＢＢ立ち上げでの過呼吸、カノジョの就活不安での涙。ソフトバンクグループを卒業し、友人の会社を手伝うべく転職したら、まさかの惣菜屋立ち上げにより千葉県市原市へ引っ越し。事業と株トレードの失敗の記憶しか残らない市原市のアパートは1年足らずで撤収。関東の外に出たことのない僕にとって、この「名古屋」というのもまた未開の地に流れ着いてきた、漂流してきたような錯覚に陥る。

「オレは、何でこんな20代後半になって、工場地帯に流れ着いてきたのだろうか」

メディアやＩＴといった新しい業種に携わってきたのに、いつの間にか飲食店をやる羽目になり、工場地帯近辺のアパートや集合住宅に出入りすることになっている。これは僕の意思とは別に何らかのチカラが働いているのか？　神よ、なぜ僕を工場地帯に流すのか？

千葉県市原市五井や愛知県名古屋市南区大同町で、神の声を聞こうと耳を傾けても何も聞こえてこない。

「これからＩＴ業界の波にハマっていくオマエに、ニッポンの基幹産業ってのを教えておこうと思ってるんや」（神）
「高度経済成長を支えてきた、このニッポンの工場に感謝したまえ。六本木や渋谷が産業ではないぞえ」（神）
「社会人になると業界という枠にハマるんだぞ。違う業界を肌で感じなさい」（神）
「オマエが主体性なくフワフワ仕事しとるから、こうなるんじゃ。流されてるんだオマエは」（神）
なんて声は全く聞こえてこなかった。

何だったんだこれは。答えは何十年後に分かるのだろうか？

＊＊＊

東京に戻ってから1年が経ち、2004年の年末に僕がCFOとして携わってきた会社が株式上場した。お惣菜屋と株式トレードの大失敗で、暴落していた僕の仕事人生チャートは急回復していく兆しが見られた。

ただ、人生というものはとても良くできているものだ。得るものあれば失うものあり。仕事で上昇気流に乗ったと思ったら、恋愛のほうが大暴落してしまう。人生の波動力学か。上場から1ヶ月も経たない2005年1月19日に、名古屋に住むカノジョから一通の手紙が届いた。

5年間の恋愛に「終止符」を告げる手紙だった。

当時のテレビでは日テレのアナウンサーが松坂大輔投手と婚約して「今まで感じたことのない、体の中に風が通るような経験」なんて表現をしていたけど、僕も今まで一度も感じたことのない、体の中を「漆黒のどんよりとした鉛のようなもの」が体に入り込んで、身体全体が灰色の鉛に侵されて全身の感覚がなくなるようだった。

手紙を何度も何度も繰り返し読む。涙すら出ない。動揺しながらも、彼女にメールを打とうとするが、手が一切進まない。PCBコマンダーなのに。

気を落ち着かせるためにシャワーを浴びる。

熱いシャワーを浴びているつもりだけれど、全身の感覚が麻痺しており、常温のまま放置しておいた「しらたき」みたいなものが、ひたすら上半身にペチペチとあたっているような感触だった。放心状態のままパジャマを着て、一心不乱に返事を書こうとしたが、パソコンを打つ手が動かない。この日は眠った記憶がない。

翌日の朝。恋愛での非常事態だが、日常は全くもって変わらず、仕事には行かねばならない。まずはいつものように歯を磨く。

思い出した。

25歳で当時5年付き合った女性と別れたときは、朝、歯を磨きながら、自然と涙を流し、無意識に「あーーっ!」と発狂気味の声を発して、早起きの祖父母を驚かしてしまった。

今回は一人暮らしの新高円寺マンション。誰にも聞かれないから心配ないけれど、発狂はしていない。大人になったぞオレ。いつもの丸ノ内線に乗る。周りの乗客にバレないように平静を装う。同じ電車に乗り、いつものサラリーマンたちとすれ違う。東高円寺、中野坂上と一駅一駅過ぎるたびに「なぜ、こうなったのか」を深く考えてしまう。新宿では「かつてのデート」を思い出し、四ツ谷、赤坂見附になると、「この後どうやって生きていけばいいのか」と困惑する。

気づくと涙が流れていた。嗚咽するような声はこらえたものの、一筋、二筋と涙が流れてしまうとそれを止めることができなかった。

恋愛依存症の僕にとっては、これはお惣菜屋失敗や株式トレードの失敗よりも、大きなダメージを与えるものだった。

目を腫らした状態で出社した。自分の心の内だけでは処理できず、誰かに助けを求めたい気持ちだった。出社朝イチでプライベートな知人あてに「HELP ME」なメールを発信した。

知人各位

石田純一さんに続き、私も1月19日をもって、最愛なるサトミさんとの5年間の恋愛が破局しました。

結局、31歳で路頭に迷うことになり、やばいです。
とりあえず心が痛くて大変です。

皆さんからの案件にはあまり期待できないと思いますが、
僕の嫁探しを宜しくお願い致します。
助けてください〜!(セカチュー風に)

失恋翌日の夜は新年会があった。転職して3年経っていたソフトバンク元同僚会で、男女15人ほどが集まっていた。大失恋の翌日の飲み会は精神的にとてもキツイ。

1ヶ月前に僕が所属するアエリア社が株式上場をし、形としては僕の祝勝会のはずだった。ビールを3杯ほど飲むと涙腺が緩んでしまって、あっという間に大号泣してしまった。

「え？　まさかの嬉し泣きっすか？」と部下たちに勘違いされた。その泣き方が尋常じゃない号泣に変わる。「うっうっうっ」と大きな嗚咽を漏らしながら泣き始めた。

「昨日さ、カノジョと別れちゃったんだよぅ、うっうっうっ……」

30歳を過ぎて人様の前で号泣するなんて思わなかった。お酒のチカラもあるのだろうが、1時間あたりの降雨（涙）量だと人生最大だった。どんどん涙が出てくるので、居酒屋のおしぼりで何度も拭ったものの、自分のおしぼりだけでは足りなくなってしまい、部下の誰かが、

「おしぼり、3つください」と店員さんに追加注文していた。

＊＊＊

酒に逃げるしかなかった。連日朝まで飲んで悪酔いし、いつも不快な朝を迎えた。そんな平日をうまくやり過ごして、大失恋後、初めての週末。新高円寺の小さなマンションの一室で一人っきりになる。

飲み歩いて3日ぶりに帰った自室。

別れ話の手紙はまだ机の上に置きっぱなしだった。テレビの上には彼女とのツーショット写真が飾ってあった。

あ、定期入れにも彼女とのプリクラが入ってるわ……。

一人ぼっちで思い出の整理、全てを一気に処分することに決めた。

部屋を見渡すと、たくさんあった彼女の私物が少なくなっていることに気づいた。いつのまにか伏線が張られていたのかもしれない。

片っ端から彼女の私物を探しては、段ボールに詰め込んだ。ひたすら詰め込んだ。気づくと独り言を言っていた。

「いやー、キツイ。キツイなーおれ。30代でこの大失恋は人生的にはキツイな」

実際に声を出してすこしおどけてみる。声をだすことによって、何か小劇場でしょぼい役者の一人芝居を観せられているような気分になり、何かうまく自分を客観視して、自分の出来事ではないと脳に勘違いさせる。

新高円寺のマンションで大失恋して独り言をつぶやいていた冴えないオトコがいましたとさ。

そのオトコは段ボールを近所のファミリーマートまで運ぶと、「名古屋の一人暮らしの住所なんてどこだっけな〜？　忘れちゃったな〜」とおどけた口調でつぶやき、店員さんに大失恋して彼女に私物を送り返してるとは思われないような明るい雰囲気を演じつつも、人生で初めてコンビニから宅配便を送るオペレーションをやってみた。

ああ、悲しきかなファミリーマート。その後このオトコは、トラウマとなってしばらくファミマには入れなくなるらしい。

オトコはマンションに帰ると、今度はノートパソコンを開いて友人たちに約束していたメールを送信していた。

＊＊＊

サトミからの別れの手紙は、

・付き合ってた5年間は楽しかった

・私は実家の愛媛に戻らないといけないので、（将来を考えると）もう付き合えない
・深く考えて出した結論です。一方的でゴメンナサイ
・私もとても辛いです
・今よりも何倍も幸せになってください、今までありがとう

といった内容だった。

傷心状態の僕から返事のメールを出せたのは、その3日後だった。

・とにかく辛いっす、絶望っす
・くそー、何でこうなった？　理由を教えてくれ！
・あー、こっから赤の他人になるのかー。生きる気力なくなるわー
・オレは仕事よりも恋愛重視なんだけどなー
・つーか、リカバリできないの？
・あー、もういいや、諦めた。人生サポートするので、今後なんかあったら連

絡くれい

っていう内容を、２０００字ぐらい長々と書いて返信していた。
31歳で上場企業のＣＦＯになっているというのに、恋愛においては相変わらずの非モテキモい男子プレイであった。未だ恋愛依存症患者な僕はこの圧倒的な「喪失感」を耐え抜くことができるのだろうか。

頭が混乱しているので、ときに奇行とも思える行動にも出た。
「八郎サーフ」を買ったときのように、何か流れを変える商品が必要だった。この戦いを耐え抜くための何かを。

人生2回目の大失恋で辛いのは何といっても、一人ぼっちでこの部屋にいるときだ。仕事中は何とか誤魔化せるが、一人ぼっちになる瞬間がとにかくヤバい。特に夜。一人ぼっちの部屋で辛い夜といえば、受験勉強を思い出した。昔読んだ漫画で受験生は「必勝ハチマキ」をしていたことを思い出して、「これだ！」と思った。

「ハチマキ」を買った。東急ハンズで「必勝」と書かれた白くて太いハチマキと、カラーバリエーション豊富な5色ハチマキセットを購入した。

これで、深夜に心が乱れても、6種のハチマキを使い分けて、淋しい夜を乗り越えられるかもしれん！　東大一直線！

僕は毎晩ハチマキを頭に巻いて床についた。「溺れる者は藁をも掴む」ということわざを心の底から理解できた。

＊＊＊

マミちゃんに大失恋したときとは異なり、サトミとはメールでのやり取りが可能だった。なので前回ほどの錯乱状態ではなかったかもしれないが、それでも幾度となく、もがき苦しむようなメールのやりとりが繰り広げられていた。

2回目の喪失感もとても大きいものだった。やっぱり僕は恋愛依存症を卒業できてはいなかった。時間の多くは「仕事」に費やしていたつもりだったが、心は「恋愛」重視だったのかもしれない。ああ、なんでこの2本柱はいつもバランスをとるのが難しいのか。

僕にとっては「IT革命な恋愛」として、出会い系サイトをキッカケに始まったこの恋愛だったが、この失恋の模様もインターネット上の日記に保存されていて、「IT革命な失恋」としてアーカイブされた。その日記を読み返すと、痛々しいメールのやりとりが、恐竜の化石のようにそのままのカタチで残っている。2005年1月19日に受け取った「別れの手紙」から約1週間。部屋の私物をサトミに送り返して、その返事メールを受け取るところまでの軌跡が赤裸々に残されていた。

日々酒に溺れ、ギリギリの戦いであったと思うが、今振り返ると、年末に上場したばかりで最初の決算を迎えているわけで、仕事も超絶にバタバタだったことが予想される。またもや仕事の「波」と恋愛の「波」が交差する瞬間が訪れる。

2005年。30代で受けた最初の荒波であり、仕事と恋愛の二重苦を伴う渦巻きは、これまで経験してきたものとはまた違った流体力学で僕の心に襲いかかってきていた。

僕はこの渦をどんな泳ぎ方でサヴァイヴしていくのか。とにかくリカバリするために、がむしゃらになっていた。僕は荒波に遭遇したときの僕自身の泳ぎ方にクセがある。仕事の荒波は「のし泳法」で流れに逆らわずに流されるくせに、こと恋愛に関してはムキになってもがく。言い換えると、僕は恋愛にのみ主体的になっているようだ。

いや、恋愛においては待っていては流れがこないのだ。泳げなくても自分自身がバタバタ不格好なクロールでもやらないと、流れが作れない。周囲に失恋したことを言いまくり、みんなに助けを乞い、7年ぶりに、失った心にムチ打って合コンに参加する。そして、久しぶりの合コンは苦行にしかならない。見知らぬ女性とのトークは今さらキツイ。女性にゲロを吐かれたりする。散々だ……。

サトミと知り合った出会い系サイト「あっちゃんラブラブお見合い」に5年ぶりにアクセスしてみる。今度はプレミアム課金をしてみる。IT革命よ、再び！

野村ID恋愛を復活させて、またデータ管理をする。メル友をエクセルでリスト化して、各人のデータで傾向値を掴んで進捗管理をする。5人ほど会ってみるが、やっぱり写メ詐欺が多くて、ダメだこりゃ。人生で初めて自腹でキャバクラにも行ってみる。高円寺の激安キャバクラで、幸の薄そうな、メンソールのタバコ臭い、研ナオコのような女性が出てくる。

大学から東京に通うようになり10年が過ぎ、東京で一人暮らしを始めて5年ほどが経っていた。ズブズブと都会の荒波にもまれ、落ちるところまで落ちてしまったような錯覚にも襲われた。全く光が見えない日々が続いた。

＊＊＊

大学時代の悪友「アジマ」に今回の大失恋を報告しにいった。

アジマは中野に住んでいて結婚して幸せな家庭を築いていた。順風満帆なモテ男だ。高円寺と中野で近かったものの、忙しい社会人となるとなかなか会う機会はない。学生時代は毎週のように北千住のファーストフードのバイト帰りに会ってしょーもない話をしていたものだが、社会人ってホントなかなか友達と無駄話をする時間が激減してしまう。

アジマはいつもセンスのいいお店をセレクトしてくれる。さすがのモテ男だ。土曜の昼から、駅から少し離れた閑静な町並みにある、オープンカフェスタイルのリーズナブルな小洒落たイタリアンに入った。アジマはいつも鋭いコメントをオレによこす。

「オマエ、それって良かったんじゃねーか？」

「オマエさ、この世の中に女性って何人いると思ってんだよ、バカジャネーノか。一人がダメだからってクヨクヨする意味ねーだろ。次、次だよ」

昼から赤ワインをガブガブ飲みながら、10年前の学生時代のノリを思い出すことが、傷心の治療になっている気がした。主題は僕の大失恋ネタだったけど、ちょくちょく昔のバカ話にも話がそれていく。よく酒を飲み、よく歌を歌った。BOØWYとミスチルが好きな僕らだった。アジマのマンションで二人で深夜にBOØWYを熱唱していたら警察が来た思い出などを語った。

「ホント、アホだったなー、俺ら」


将来オトナになることが不安で、社会に出ることが不安で、ほろ酔いの中、二人で就寝する前には悲観的な妄想話ばかりしていた。

「オレさー。マスコミ就職落ちるとするじゃん。じゃあ、どっか入らなきゃって思ってさ。ウインナー好きだからウインナーメーカー入るじゃん。そしたらオレ、漁船乗るじゃん。もう漁師だよね。新しい魚肉ソーセージ作るぞ！っていう高い志を持って漁師になるじゃん。でも、オレ漁師ってタイプじゃないじゃん。うまくいかないと思うんだよね。会社で干されてリストラされるじゃん。そしたらオレ新宿の大ガードの下とかで寝てると思うんだよね。3年ぐらい漁師やったから日焼けしてちょっと体格も良くなっちゃってるから、大学時代のオレとは違うんだよね。そこで金曜の深夜とかに大ガードにアジマが通りかかるじゃん。そんときにオレが『アジマ！』って声かけるから、姿形が変わっちまったオレを見ても、思い出してくれよな。あー、ウインナーメーカー入るんじゃなかったってハナシするからさ」

ほろ酔いで寝る前に電気を消してしょーもない会話をするのが、面白かった。昔、まだ田代まさしが有名になる前のシャネルズ（ラッツ＆スター）が80年代にやっていた5分足らずのテレビ番組のようなアホ話ばかりをしていた10年来の付き合いだったが、僕はそんなアジマに対して初めて真剣な眼差しで、教えを乞うた。

「俺たち10年の付き合いになるが、初めてオレはオマエに頭をさげるかもしれん。アジマ、モテ方を教えてくれ。もう30代だし、背に腹は代えられない。プライドを捨ててオマエに頭を下げる。頼む、オレ、どうやったらモテるんだ？」

「オマエはホントバカだな」

人生において、旧友に頭を下げるシーンはよくあるものだ。借金で首が回らなくなりお金貸してとか、離婚しそうなんで弁護士紹介してくれとか。恋愛依存症の僕の場合は「モテ方を教えてくれ」だった。

＊＊＊

僕には「モテ革命」が必要だった。結局のところ、長年付き合っても振られちゃってるのはモテないからだ。

革命が必要だ。改革だ。何かが間違っていたからこうなったのだ。何かを変えなくては始まらない。

学生時代から付き合っていたマミちゃんに振られたときも心を失ってしまい、会社を替えた。失った心のまま、ハードワークに勤しみ、無心のまま事業の立ち上げに携わった。その量稽古のおかげで、恐らく、人よりは「仕事」というものが処理できるようになり、仕事においては短期間で多くの経験値を積むことができた。

今回は2回目の大失恋。前回の経験もあって精神的には強くなっているものの、「30代」で孤独に解き放たれるというのが前回よりもダメージが大きい。歳をとっている分、リカバリが取りづらいというのは、スタートアップや起業と同じかもしれない。

若いやつは失敗してもリカバリできるけど、オッサンで失敗したらもう後がないというか時間がないというか。

僕の奇行ＴＯＤＯリストは以下の通りである。とにかく変化が欲しかった。

・近所の和田堀公園で毎週10ｋｍ走る
・低炭水化物ダイエット手作り弁当を作る
・出会い系サイトに再び登録し「顔写真」を公表してプレミアム課金する
・必勝ハチマキを買う
・ヨガマットとバランスボールを買う
・デイリーコンタクトを大量に買う
・洋服を伊勢丹で買う
・家具をフランフランか無印良品で買う
・ワックスを市販のものから美容院のものにする
・歯ブラシを電動にする
・毎週花を買い花瓶に入れる

・洋服をたたむ
・玄関、水回りを掃除する
・カリスマホスト零士の本を借りる
・目をくっきり二重にする（セロテープで）

奇行TODOによる自己改革と並行して、過去の恋愛発生事象の分析も試みると、データ上は愕然とする結果になった。

20歳に初めて女性と付き合い、31歳になるまでの11年間で付き合った女性は2名。最初に付き合った子と5年で破局し、彼女を忘れて、次の彼女ができるまで、あいだに2年間のブランクがある。

その間もボーっとしていたわけでなく、黒羽くんを連れて合コン、ナンパなど、ほぼ毎週「出会い」にカネと時間をかけて、このありさまである。

①付き合った女性を忘れるのに、ほぼ付き合った同年かかる
②一人の女性に好感を抱く確率は1・3％

③一人と付き合うまでに約800人と会う必要がある（約0・1％）

ただし、これはあくまで過去データだ。バットを振らなければヒットは打てない。ある種「奇行」ともいえる自己改革行動の数々は、試行錯誤しながらも、そこでの「習慣」が実はある一定のソリューションに繋がっていくような気がしていた。僕はロジカル思考じゃないから。

どこに向かっているのか分からないけど、とにかくもがいて「走る」「泳ぐ」ことが重要だった。悩んだり考えこんだりしてしまう暇を与えないくらい疲れさせる。

＊＊＊

春になった。

桜の季節が訪れて、善福寺川が流れる和田堀公園を悠々と走れるようになった僕は、桜の花を眺めながら走るのが毎日楽しみになっていた。

「花は心を癒やす」

自分の部屋にも花瓶を置いて花を飾るようにしてから、心が落ち着くようになった気がした。人生30回目の春だったけど、桜並木や、玄関に置かれている鉢植えの花や、道の片隅に咲くタンポポやオオイヌノフグリをこんなにも美しく感じることは初めてだった。

杉並区松ノ木にある僕のマンションから和田堀公園まで歩く途中には一軒家が多く、玄関先にたくさんの綺麗な花が飾られていた。花が飾ってある家はとても幸せそうに見えた。

平日早朝にご近所の住宅街に飾られた花を眺めながら散歩する。和田堀公園に差し掛かって、人気のない善福寺川沿いを歩くと、満開の桜からパラパラと花びらが僕のほうに向かってくる。そこには僕しかいないので、桜並木と一体となっているような錯覚に陥る。僕自身も淡いピンク色に包み込まれて、失われた心が癒やされていく瞬間だった。たまに猫や小鳥ともすれ違う。遠くで小学校のチャイムが聞こえる。人はどこにもいない。桜並木と小鳥と僕だけだ。

花鳥風月。

花の美しさ、鳥のさえずりは何とか東京でも出会える「美」だった。鳥は2番目だなんて気づかなかったな。東京は木々が少ないので風の気配は感じづらい。空は狭いのでいい月には出会わなかったな。

花に癒やされていた頃、上野公園で花見があると元上司から誘いがあった。大して期待はしてないけど、僕には参加するしか選択肢はなかった。

＊＊＊

大失恋から新たな出会いまでわずか3ヶ月だった。なぜこんなにも短期間だったのかは分からない。がむしゃらな多動力によって、ラッキーパンチを当てられたのかもしれない。

新しい恋が始まって1ヶ月。そこにあるのは楽しい感情ばかりではない。「また失うかもしれない」という恐怖が常につきまとっていた。二度の大失恋によって、疑心暗鬼になっている。

そこで僕はしばらく連絡を絶っていた元カノのサトミへの「最後の質問状」を送ることにした。元カノにメールするなどウザい非モテオトコのやる行為であり、そろそろ卒業せねばと思ったが、これが最後だ。ミスは繰り返したくない。

・俺の恋愛観は「重い」？　これが足かせになってないか？
・いい恋愛と永遠の恋愛の違いは何か？
・マンネリを防ぐ方法
・優しすぎるのは甘やかしになってなかったか？
・その他、俺の犯しそうなミスや落ち度はないか？（しつこさ、女々しい、酒癖、整理整頓、妄想癖、ｅｔｃ.）

ああ、なんて僕の質問はクソだったのだろう。証券会社の審査担当みたいな面倒くさいものだったと思うけれど、元カノジョとしてしっかりと回答してもらった。中身としては回答になっていないものも多かったが、そもそも別れの原因が「愛媛に帰らねば」ってことなので、僕の質問自体が相当的外れだった気がする。こういうところがシツコくて嫌なのだろう。

僕の結論としては、とにかく恋愛感情なんてものは貯金することができず、瞬間的にゼロになってしまう儚いものなので、「契約」すること、すなわち「結婚」をしてしまわないと脆《もろ》いものだということだ。もう年齢も年齢なので、次はとにかく早いタイミングで「ハンコを押してしまおう」と強く思った。はい、相変わらず女子みたいな感情ですねこれは。バリバリ仕事をしてきたオトコとは思えない。恋愛依存症の僕のゴールは「結婚」なのかもしれない。

沿革

1993年8月　マミちゃんと付き合う
1996年4月　イマジニア入社

1998年9月　マミちゃんに失恋
1998年10月　ソフトバンクグループ
（スカパー↓クラビット、Yahoo！BB）へ転職
2000年5月　サトミと付き合う
2001年5月　Yahoo！BB立ち上げ
2002年3月　クラビット（ソフトバンク子会社）社上場
2002年8月　アエリアCFOに転職
2002年10月　アエリアのCOOL事業を楽天に売却
2002年12月　有限会社スダックス設立（お惣菜屋「好き味や」）
2003年11月　お惣菜屋「好き味や」潰れる
2004年12月　アエリア社上場
2005年1月　サトミに失恋
2005年4月　新たな恋がスタート

2005年4月に新たな恋がスタートした。途中で土浦で暴漢に襲われたり、父が

危篤になったり、株で大損したり、過呼吸になったりいろいろあったが、何とか生き延びてきた。

過去の恋愛からの「踏み絵」

まだ新たな恋が始まったばかりの2005年6月18日。今後の僕の未来を暗喩するような、もしくは神からの「恋の最終試験」なのか、踏み絵のようなとても奇妙なことが起きた。

僕は新しい恋をしっかりと成就させるために、まっさらな新天地を求めた。杉並区の新高円寺駅からカノジョの家は遠かった。カノジョの住む中央区月島近くのワンルームマンション物件を探した。

新しい恋を成就させるために引っ越してきた江東区。区は違えどカノジョが住む月島駅までわずか2駅の清澄白河駅。足立区綾瀬、千葉県市原市、杉並区松ノ木を経て、

4ヶ所目の一人暮らし。大きな公園、複数のスーパー、流れる川と橋、安くて美味しい居酒屋、河川公園、下町の商店街。ここ江東区白河は僕の好きな街の要素が揃っている過去最高とも言える場所だった。

奇しくも人生で初めて付き合ったマミちゃんの実家のそばであった。8年前、彼女の実家が営んでいた酒屋さんは今や高層マンションに様変わりしていた。

新しい街を散策すると、駅から離れた場所に寂れた商店街を見つけた。住宅街のど真ん中で車一台がようやく通れる路地に魚屋、薬局、スーパーが軒を連ねていた。近所の老人たちが集う地場の商店街だ。初めてきた場所だったけど、何か懐かしい雰囲気があった。三丁目の夕日ほどではない昭和感。いや、違う。そんな昭和ノスタルジーな感情ではなかった。

僕はココに来たことがある……。

商店街の端に小さな100円ショップが見えた。脳内で何かがフラッシュバックする。僕はココで働いていたに違いない。

8年前にマミちゃんに頼まれて、実家の家業を1日だけ手伝ったことがあった。新しいお店がオープンするので、商品を並べる作業を手伝って欲しいと。この小さな100円ショップはまさにそのお店だった。

土曜の午前中、狭い店内には4人ほどお客さんがいた。高まる心臓の鼓動を感じながら、店員さんの顔を確認する。見たことのない50代前後の女性だ。僕の電話に居留守をし続けたマミちゃんのお母さんではない。普通のお客さんを装って店員さんに話しかけた。

「あ、この店って、近所の酒屋さんがオーナーですか?」

「ええ、そうですよ。あら、マミちゃんのお知り合いかな?」

「マミちゃん」という固有名詞をこの耳で聞いたのは8年ぶりだ。鼓膜の奥底で僕の古い神経細胞を叩き起こすような錯覚をした。

「マミちゃんも結婚してねー、ついこの間子供生まれたのよ。お母さんに見えないよねー、マミちゃんって本当に綺麗だよねー」

あれから8年が経っていて、結婚して子供を産んでいるという紛れもない事実を直接聞くことができて、一気に現実セカイの時の流れを実感した。心の襞《ひだ》に隠れていた大きなカサブタが取れるように、当たり前の現実を噛みしめることができた。見知らぬセカイでも時間は動いていた。僕自身のセカイでもきちんと時間を動かさなければいけない。

＊＊＊

この日の夜は、別れたサトミに半年ぶりに会うことになっていた。異動辞令で名古屋から東京勤務になり、しばらくしてから退社して地元愛媛に戻るらしい。

待ち合わせ時間から10分ほど遅れてサトミが待ち合わせ場所にやってきた。新宿のエスニック料理店に入った。会話は何が本音で何が社交辞令なのか分からない、お互いが消極的なボクシングの試合のようだった。辛い料理をアテにいくらビールを流し込んでも一向に酔うことができず、僕には珍しく眠くなってしまった。21時すぎに「新宿駅まで送るよ」と言った。

改札前で彼女の肩をポンとたたき「東京にいるうちにまた」と声をかけた。この一瞬が僕と彼女の最後の瞬間となった。かつては恋人同士であったものたちが、もう二度と会わなくなる瞬間だ。

彼女は軽くうなずき、新宿駅の東口改札に向かっていった。僕はそのすこし淋しげな後ろ姿をずっと眺めていた。150cmほどの小柄なサトミは背中を丸めてややうなだれたように歩いていた。そのうなだれた背中から目線をおろすと、タイトなミニスカートを穿いていたのに今ごろ気がついた。昔のファッションとは変わっていた。

哀愁気分でサトミの後ろ姿を凝視していると、そのタイトスカートからぼんやりと下着のラインが浮き出てしまっていた。元カレシとして若干の恥ずかしさを感じ、顔が紅潮する。ああ、透けちゃってるよ、おい。帰りの電車で痴漢に遭わないようにと願う。

そして、それはTバックだった。

マジメだった彼女がまさかのTバックだった。

新宿駅、最後の別れとなるシーン。過去の恋愛が走馬灯のように浮かんでくるかもしれない、僕の東京ラブストーリーのエンディングになるような大事なシーンだったはずなのに。うっすらとしたTバック姿で新宿駅の雑踏に消えていく姿に、『タモリのボキャブラ天国』の映像が脳内にフラッシュバックしてしまう。

西部劇の名作『シェーン』で、馬に乗ったカウボーイのシェーンが息子らしき男に向かってセリフを残して去っていく有名なシーン。

「ジョージ、これからママを守るのは君の仕事だ。さよならだ」

まだ小1ぐらいにしか見えない息子は、去っていく父を受け入れることができず、帰ってきてくれと絶叫する。

「シェーーーン!!　カムバック!!」

その名作映画のラストシーンをパロって、カムバックをTバックに変えて、

「シェーーーン!!　Tバック!!」

1992年から始まり90年代のバラエティ番組を席巻したボキャブラブームの中でも、シンプルでシュールな作品として殿堂入りしていた作品だったかと思うが、奇しくもシリーズ終了後の2005年の初夏に僕の脳に蘇った。

6月18日。非モテオトコの終焉を迎える一日だったかもしれない。
なんて日だ！
過去の恋愛よ、サラバ。

＊＊＊

2005年7月21日。今日は32歳になる僕の誕生日だった。一人目のバースデーメールは元彼女のサトミからだった。

誕生日おめでとう！ 今の気分はどうですか？ 新しい年で迎える1年を素敵に過ごせると良いね。
またお互いの誕生日を祝う飲みでもしようね。

二人目のバースデーメールは本命の現役カノジョからだった。カノジョとはおはようからおやすみまで、毎日10通ぐらいメールのやり取りをしていた。メールは現代の「恋文」のようだ。実際に会うのも恋愛だけど、「恋文」で繋がる恋愛も、日本人的奥ゆかしさがあって、自分にはとても合っている。

昔、おばあちゃんに、戦地の旦那さん（僕のおじいちゃん）から送られてきた手紙を見せてもらったことがある。おばあちゃんは60年近くその手紙をとっていた。東京においていったおばあちゃんと子供たちをとても心配していることが伝わってくる手紙だった。

おじいちゃんは若くして戦死してしまった。今の僕と同じぐらいの年齢だった。おばあちゃんは今でも左手の薬指にずっと指輪をしていた。

「想い続けること」

これが恋愛の真髄かもしれない。僕は実家で酔っ払うと、おばあちゃんにその手紙を見せてもらっては、よく号泣していた。手紙にしろメールにしろ、文字が伝える想いは心の琴線に敏感に触れながら、ゆっくりと純粋な心に染み渡っていく。心が白く純粋であればあるほど、ゆっくりと揺るぎない感動やトキメキが染み渡っていく。

三人目の女性からもメールが入ってきた。


新しい住まいはいかがですか？

「里は仁《じん》なるを美《よ》しとなす。えらびて仁に処《お》らずんば、いずくんぞ知《ち》なるを得《え》ん」

「仁者《じんしゃ》は仁《り》に安んじ、知者《ちしゃ》は、仁を利《り》す」

つたない送る言葉です。

ガッツでこの夏を乗り切ってください。


60代中盤を迎えた母からだった。孔子の『論語』を引用してきた。

「仁愛の心に重きを置くことは美しいことだ。もし自分の利益のために仁愛を軽んじるようなら、賢明な人間だとは決して言えない」

「仁愛の心を持つものが安らいだ生活をすることができるし、知恵あるものは仁愛の利点を知っているものだ」

という意味だった。

深いぞ、おかん。32歳の僕の心にいいタイミングで刺さったよ。さすが母は偉大。

＊＊＊

２００５年10月28日。

清澄白河のマンションに引っ越してきてから、３ヶ月が経った。僕の新しい恋愛は順調だった。

土曜日の朝。清澄白河から錦糸町までの２駅だけでも彼女の通勤に付き添って出社を見送る。「その一秒を削り出せ」の精神で会う時間を捻出するスタイルは今も変わらない。

「じゃあ、帰りも駅で待ち合わせよう」と言って手を振って別れる。僕はそこから自宅に戻って、ゆっくりと土曜日の午前を過ごす。仕事の疲れが全く取れていない土曜日の朝だけど、ゆっくり寝ていたい気持ちよりも、彼女との通勤同伴を優先する僕は相変わらずの恋愛至上主義かもしれない。三つ子の魂百まで。

朝の10時。ブルーボトルコーヒーがまだ誘致されていない清澄白河は閑散としていて人も少ない。駅からマンションまで朝日を浴びながらママチャリをこぐ。マンション近くの大きな交差点の赤信号で止まった。

この時間帯には珍しく、ママチャリに乗った女性が僕より先に交差点に止まっていた。土曜日の朝に駅と反対方向に向かっていく自転車は珍しい。近くのスーパーで安売りでもあるのだろうか？　その女性は質素に髪を一つに束ねていて、後ろ姿は清潔感のあるご近所の主婦さんのようだった。僕はぼんやりとした好感を抱いた。この街に住んで、この街で結婚すると、女性はステキな主婦になれるのかもしれないと思った。

愛の街、清澄白河。

僕の頭の中で勝手にキャッチコピーを作っていた。僕にとってこれが「最後の恋愛」になるんだと固く決心していた。僕の恋愛の最終ステージがここ清澄白河だ。ここで勝負を決める。愛は貯金できない。長く付き合っても脆く崩れる。とにかく「契約」すること。すなわち「結婚」だ。ハンコを押さないとハナシにならない。

僕は心を高ぶらせた。ここで絶対にゴールを決める。32歳独身、大失恋2回、惣菜屋を潰した借金があるオトコ。僕の絶対に負けられない戦いが始まっている。

高ぶる思いを胸に信号待ちをしながら、ステキな主婦さんの斜め後ろに自分が停車すると、その女性の横顔がスローモーションを描いて視野に入ってきた。

僕の視覚が朝日に照らされた彼女の顔を捉えた。その光は網膜を通して、瞬間的に、神経細胞を通ったかどうか分からないまま、その時間が測れないほどの一瞬、これが刹那というものだと思うその一瞬、光がただただ脳に注ぎ込んだ。刹那に、僕の脳を刺激した。

その光の情報は、かつて僕の脳の大半を占めていた情報で、今の僕の脳内では深海に隠された氷山の一角のように深く眠っていたものだった。

それは紛れもなく「マミちゃん」だった。

20代前半に僕の脳の大半のシェアをとりつつも、ある日を境にフェイドアウトし、その後の僕の流浪の人生のキッカケになったかもしれない、心を失ったときの主犯格の人だった。
土曜日の朝にあまりにも唐突な出来事で、唐突な7年ぶりの再会に、僕の脳や心臓はその衝撃を処理することができず、まずは視覚からの情報を受け取らないように、僕は大きく目をそらした。見ることができない。

愛の街、清澄白河。最終ステージのラスボスがここで登場だ。竜王だ。ハーゴンだ。シドーだ、ゾーマだ。ラスボスを倒さないと、僕はハンコを押して、結婚することはできないぞ。

刹那にひどく狼狽してしまい、そんな姿を見られたり気づかれたりするのもまずいと感じ、僕はズルズルと気付かれないように、うつむきながら1mほど後退した。後退しながらも、目をそらして視界から情報を入れないようにしたにもかかわらず、視覚でも聴覚でも嗅覚でもない何かが彼女を捉え、僕の脳は過敏に反応を続けた。「マミちゃんだ……」
信号待ちの時間はそれほど長くはない。この刹那な異常事態のせいで、一方で永遠に信号待ちをしているような感覚にも陥った。ゾーマの魔術で時空を操られているのか？　もしくは僕はメダパニをかけられているのか？　走馬灯のように7年前の情報が脳内の引き出しから出てきて、いたずらに情報が散乱し始める。そういえば、今回の引っ越し作業をしていたとき、マミちゃんからもらった「最後通牒」を見つけたのだった。

「何て人なんだろうって思いました」
「もう何がなんだか分かりません」
「あなたへの気持ちも、もう、分からない……」

永遠と思っていた信号待ちだったが、気づくと青信号に変わっていて、マミちゃんはママチャリで交差点を渡りきろうとしていた。僕は青信号の点滅に応じて慌てて交差点を渡り始めた。彼女は交差点から50mほど先のスーパーの自転車置き場に入っていった。

人生で初めて付き合った女性との10年ぶりの偶然の再会。これは神のいたずらだろうか。ラスボスを前にして身体が硬直してしまって、勇者イバラキはマヒしてしまった。

スーパーの自転車置き場に消えていく彼女の姿を見ながら、隣りにある自宅マンションに戻った。部屋に戻るエレベーターの中で一人ぼんやりと「この現象の意味」を考えてた。神はなぜこのタイミングに、こんなシーンをオレに見せるのか。もう一度、大失恋したときにもらった手紙の一節が思い出された。


「何て人なんだろうと思いました」


僕はその一文を受け取ったまま、その後一言も会話を交わすことなく別れている。マミちゃんの中で僕は「サイテー男」として記憶されているに違いない。

神は、

「おい、オマエはサイテー男のままなのか？　このままでは本当の愛を与えることはできん。最後のミッションだ。マミちゃんから信頼を回復してこい」

と言っているのだろうか。

もしくは、

「おい、オマエの最初の彼女マミちゃんはな。今、結婚して家庭で苦労しているんだ。オマエは元カレとして何もできないのか？　オマエは自分が幸せならいいのか？　自分だけ幸せな恋愛と結婚をしようと思っているのか？　昔の彼女は助けないのか？　そういう奴には、本当の愛を与えることはできんな」

と、ホリウチくんに似た、佐藤二朗さんに似た、仏様が言っているのだろうか。

そういえば、交差点の手前で後ろ斜め45度から覗いたマミちゃんの表情は、しかめっ面をしていたような気がする。土曜日の朝からしかめっ面をしているような主婦は何か問題を抱えているのかもしれない。

「えー!!　久しぶり！　元気？」

「え、このマンションに住んでるの？　近いねー！」

「じゃあ、今度ご飯でも食べようかー」

そんな会話をするべきなのだろうか。

いや待てよ。ちょ待てよ。

そんな会話をして実際に飯を食べに行ったりしたらややこしいことに巻き込まれないだろうか。僕はせっかく新しい恋愛がスタートし、これからハンコを押してゴールインできるかもしれないのに、こんなところで流れを変えるのはまずいのではないだろうか。神様に化けて、神のミッションに見せかけた悪魔のやつのひっかけ問題ではなかろうか。

あぁ、勇者イバラキよ、二等兵アリ奴隷よ、僕よ。どうすればいいんだ。

どんな意思決定をすればこのラスボスを倒せるのか？　ゼロベース思考を使うと、またスベるかもしれんぞ。

僕は新卒からベンチャー企業に入ってしまうような冒険者タイプだ。この偶然発生したイベントに対して、見過ごしていては「自分らしくない」のではないだろうか。これが悪魔の囁きだろうが、ひっかけ問題だろうが、何らかのアクションをとって、それで起きてしまったイベントについてはその場その場で判断し処理すればいいのではないだろうか。

僕は一人部屋の中で気持ちを切り替えた。

「そうだ、こんなレアイベントはないはずだ。ここでは行動しないとダメだ！ ベンチャーなんて思考するより行動あるのみだ！」

僕は急いでエレベーターを降りて、走って隣のスーパーに向かった。彼女は恐らく旦那に「おい、土曜の昼は焼きそばが食いてーんだよ。早く買ってこいよ」などと言われたのだろう。野菜売り場かお肉売り場か焼きそば売り場にいるはずだ。

やや息を切らして小走りでスーパーに入って、店内を駆け回った。偶然を装って、「あれ？」みたいな表情をするイメージトレーニングをしながら、狭いスーパー内を探し回った。

マミちゃんはそこにはいなかった。

ラスボスを見失ったとたんに、精神を張り詰めていたのか、どっと疲れが出て、放心状態になった。万引き犯に間違われると嫌なので、ガリガリ君アイスを買ってスーパーを出た。季節は秋だったが夏のような日差しで、季節外れの温風が僕の身体を現実セカイに押し戻した。まさかのラスボスに逃げられるというエンディング。何なんだこれは。勇者はスべった気持ちを切り替えて、顔をあげて、朝日に向かって呟いた。

「これで良かったんだ」

マミちゃんの乗っていたママチャリのチャイルドシートには、1歳前後のかわいい赤ちゃんが乗せられていた。しかめっ面していたけど、これから幸せになっていくんじゃないかな。僕の知らないセカイで時間は進んでいくのだろう。ラスボスはスルーだったけど、僕は僕のセカイで前進していくしかない。

エピローグ

インターネット上にアーカイブされた僕の失恋日記は、最後にこの数行を残して幕が閉じられていた。


2005年10月29日。

僕は、今付き合っている彼女と婚約しました。

婚約指輪にしてはかわいらしい、ピンクダイヤの入ったリングは彼女にとっても似合ってました。

幸せになります。

日記を閉じた2005年は32歳で、あれから12年たってしまった。社会人生活が20年を過ぎていて、もう人生の半分がオトナ人生とはにわかに信じがたい。

社会に出ようとしていた、就職活動の頃。そこで初めて多くの「オトナ」と対峙した。それまでは自分の両親や学校の先生、バイトの店長ぐらいしかしゃべったことのない人種「オトナ」。大学生になって電車で通学するようになると、たくさんの「オトナ」とすれ違うことはあるけど、実際に会話することはない。

常磐線や山手線、高田馬場、新宿、池袋、上野などで多くのオトナとすれ違い、その表情を見てきたけれど「オトナはつまらなそうな顔をしているなぁ」という印象しかなかった。就職して、平日は毎朝早起きして電車に乗って9時に出社して家に帰るのは21時頃になった。大学時代とは全く違う時間の過ごし方になった。土日や祝日は休みだったものの、平日で疲れているし、彼女とデートしたらそれで終わってしまう。

「オトナは遊べない」

オトナになったら遊べない。オトナ＝遊んじゃダメ、遊びからの卒業だと思った。

だって時間ないんだから。じゃあ、オトナは何をすればいいのだろうか。

「仕事」と「恋愛」の二本柱。

学生時代に考えていたしょーもないビジョンは、結局のところ、社会に出ても同じだった。社会に出てからの男の人生、やるべきことは「仕事」と「恋愛」しかない。それで24時間365日が埋まる。奥田民生率いるユニコーンが歌うところの「ヒゲとボイン」だ。

♪　男にはつらくて長い二つの道が
♪　永遠の深いテーマさ　ヒゲとボインが　手招きする

ヒトはそれ以外に人生で何かを残したりするんだろうか。
アウストラロピテクスから始まった人類は、ここ400万年ぐらいの歴史だけど、オトコってみんな結局、仕事と恋愛ぐらいしかしていないんじゃないだろうか。食べる、寝るの基本行動は別にして。

しかもその2つはこの人類の歴史上でみんなやってきたにもかかわらず、学校の授業では一切教えてくれない。歴史の授業で戦国武将とかの名前や年号は暗記させられたが、彼らがどういう仕事っぷりをして、どういう恋愛っぷりをして、などの最も重要な人生ケーススタディが一切ない。オレ、将軍じゃねーし、そいつの伝記とか読んでも参考にならないんだけど。もっと一般農民とかでイノベーション起こした人とか、子供たくさん作って幸せになった農民の事例とかねーのかよ。

僕は40代に入り、不惑と言われる年齢を過ぎたが、またしても就活生のような心境に陥っている。未だに他の人がどんな仕事をしているか分からないし、どんな恋愛をしているか分からないし、自分が正しいのか間違っているのかが分からない。今後、どうやって生きていったらいいか分からないし、自分にあう仕事が何なのか分からないし、自分の「ヤリタイコト」が分からない。

恋愛においては20代のマミ、サトミを上回るほど恋に落ちた彼女と、無事にゴールインすることができた。二度目の大失恋のときに、悪友のアジマが「オマエさ、この世の中に女性って何人いると思ってんだよ、バカジャネーノか」と言っていたのは見事に当たっていたようだ。

運命的な出会いとなった2005年春のお花見は、仕事において僕の尊敬する「おかめ鬼上司」が企画してくれたものだった。全く別々の波形で流れていた「仕事」の波と「恋愛」の波が、僕の知らないところで交差して、点に結びつき、人生が昇華されていく瞬間だった。

おかめ鬼上司夫婦が中央区佃《つくだ》近辺を散歩していると、スーパーの目の前にかわいいフレンチブルドッグが繋がれていた。「カワイイ〜!!　カワウィ〜!」と鬼上司の嫁がはしゃいで近づいていった。

スーパーから出てきた見知らぬ飼い主さんに話しかけて仲良くなった。鬼上司の嫁はそのフレンチブルドッグが産んだ子犬をもらうことになった。僕の結婚した奥さんはその飼い主さんの娘にあたる。

僕はフレンチブルドッグのおかげで結婚できたようなものだ。それもまさかの鬼上司からのスルーパスがキッカケとなった。仕事を押し込んでくるばかりで、女性を紹介してくれたことなど一度もなかったのに。鬼上司からのゲキヅメの苦労を思いもよらなかったカタチで投資回収(?)したことになった。これはストックオプションによる株式上場益などとは比べ物にならないパフォーマンス（成果）であり、金銭価値などでは計算できないものであり、僕にとってのわらしべ長者的な「フレンチブルドッグスキーム」になった。

心からありがとうございます！　おかめ鬼上司さま。厳しい指導がこんな形に結実するとは思っておりませんでした。これは全てあなたの計算だったのでしょうか。スキームという言葉も知らなかった僕に、こんな成果を出させてくれるなんて。心から御礼申し上げます。本当にありがとうございます！　クルミサワさん！

人生で最も好きな人と結婚して、その愛の結果として子供が生まれる。それは愛という観点ではさらに上の存在、上位概念とでもいうべき「娘」という存在。これまでの恋愛観全てをぶち壊すほどの革命家。小さければ小さいほど強い敵。まるでフリーザ。独身20代の頃には全く想像ができない。パパになると恋愛依存症はむしろ悪化するみたいだ。相変わらずの「その1秒を削り出せ」精神で、娘との一秒を削り出すのに必死で送り迎えなどに奔走する。

仕事と恋愛はとにかく「想像ができない」。

毎年毎年、仕事においても、恋愛においても「去年のオレは馬鹿だった……」と思う日々。人生ってこんな風に過ぎていき、年寄りになっても変わらず、毎年前年の自分を憂うのだろうか。ｍｉｘｉ日記の続きとなる30代においても、上場企業ＣＦＯとして魑魅魍魎《ちみもうりょう》が跋扈《ばっこ》するＭ＆Ａ投資界隈の妖怪たちとの戦いで裏社会をチラ見するなど、乾いた赤坂の街でまた一つケガをしたりした。

それでも何とか今生き残っているのは、20代での荒波や渦を泳ぎきった「経験値」が何にも代えがたい生命力の礎となっているからかもしれない。

人生の泳ぎ方は人それぞれだ。僕の場合は「仕事」においてはあまりに波や渦が強烈だったために、その力学に逆らわない泳法「のし泳法」的なスタイルになった。鬼上司に罵倒される中を無心にのらりくらりと泳ぎ、ソフトバンク孫社長の一世一代の新事業の大きな渦に巻き込まれているときも激流に飲み込まれながらも泳ぎ、お惣菜屋を潰したが奇跡的に株式上場でリカバリし、何とか生き残ってきた。

そして「仕事」の裏にはいつも「恋愛」がある。それはまるで量子力学のように、相互が関連しているようで関連しておらず、波のようでありかつ粒（点）であり、観察すると存在するけれど観察しないと存在していないようなものにも思えるものたちだ。

「恋愛」においては、仕事ののし泳法とは真逆なスタイルだった。週末の黒羽くんとのナンパ修行を経て、新たな恋愛のタネを探し出す。恋のIT革命と称して出会い系サイトに手を出す。失恋のショックから立ち直るために、必勝ハチマキを買う。無駄とも思える奇行を繰り返して必死にもがいて泳ぐ、「がむしゃらクロール泳法」で乗り切ってきた。

恋愛の集大成である「結婚」においては、まさかの鬼上司が初めて開催してくれたお花見がキッカケの「フレンチブルドッグスキーム」だった。この僕という「点」と彼女の「点」は、鬼上司からゲキヅメに耐えて泳ぎきらなければ決して出会うことのない点と点だった。

20代の「仕事と恋愛ステージ」は何とか泳ぎきったが、これは人生の第1ステージに過ぎなかった。恋愛依存症の僕にとっては、30代の「仕事と結婚ステージ」のほうが難易度が数段上がるなんて、全く予想していなかった。40代になるともう裏面だ。『ドルアーガの塔』裏ステージだ。攻略本がないと解決できないシーンが増えるし、そもそも攻略本がない。

惣菜屋閉店から15年が経った。トラウマになっていたので、あの日から千葉県市原市には一度も足を踏み入れてなかった。

この話を書くにあたって、久しぶりにグーグルマップのストリートビューで当時の店舗周辺の写真を見た。確実に時間が僕の記憶を風化させてくれているので、そろそろ振り返りに現地を訪れてもいいのかもしれない。

ストリートビューで現地の風景を確認すると、「好き味や」があった店舗は、今は老人介護のデイサービス店舗になっていた。駐車場には老人を送迎するための白いバンが2台停まっていた。

今年の夏は東京で観測史上初めて40度を超えた。地球ですら「去年のオレはバカだったわ」と言ってるみたいだ。

この夏、一人になる時間を求めて、仕事の合間に森に向かった。

都会で仕事と家庭を日々こなしていると、オトコには一人になる時間はない。悩める就活時代に来ていた、茨城県牛久の稲荷川のほとりの森の入口にあった丘。あんな場所は東京にはないのだろうか。

乗ったことのない京王線に乗り西に向かい、降りたことのない駅で降りて、知らない住宅街を通る。歩き進めるたびに車の音が聞こえなくなる。どこからか小学生が弾くピアノが聞こえてくる。蝉の声。秋の虫も鳴き始める。誰もいない見知らぬ小さな川に沿って歩くと、大きな森と丘があった。川に生えたヨシが風に揺られて音を奏でる。都会では感じられない涼しい風。美しい鳥のさえずりを耳にする。丘を登るとそこには広い空があった。東京で初めて見る広い空だった。丘の上で体育座りをして空を見上げる。

「あぁ、オレはこれからどうすればいいんだ……」

僕は一体、あと何億光年悩めばいいのだろうか。

分かっていることは、悩もうが悩むまいが、結局のところ、僕はこの大海を泳ぎ続けなければならない、ってことだ。

これは戦争で死んだおじいちゃん、１００歳で大往生したおばあちゃん、ギリギリ生き残ってる父、認知症気味になってきた母から受け継いだＤＮＡプログラムなんだろうな。

また泳いでいこう。誰かのために。新たな生命のために。

本書は著者の体験にもとづくノンフィクション作品ですが、
プライバシーを考慮し、一部、人名などを仮名にしている箇所があります。

装画＊いしいひろゆき　装丁＊アルビレオ

本書は、一般の人の物語が社会に発信される世界を目指し、
株式会社よしもとクリエイティブ・エージェンシーと
人生投稿サイト STORYS.JP（https://storys.jp）が共同開催する
プロジェクト「カタリエ」に投稿された文章を加筆し、書籍化したものです。

恋愛依存症のボクが社畜に
なって見つけた人生の泳ぎ方

2019年2月27日　初版発行

著者　須田仁之
発行人　藤原 寛
編集人　松野浩之
企画・進行　竹山沙織、南百瀬健太郎
DTP　鈴木ゆか
校正　聚珍社
営業　島津友彦（ワニブックス）
協力　清瀬 史（STORYS.JP）、林 拓馬、堀内 光
発行　ヨシモトブックス
〒160-0022 東京都新宿区新宿5-18-21
TEL 03-3209-8291
発売　株式会社ワニブックス
〒150-8482 東京都渋谷区恵比寿4-4-9 えびす大黒ビル
TEL 03-5449-2711
印刷・製本　株式会社光邦

ISBN 978-4-8470-9767-6
JASRAC 出 1900730-901